ULLSTEIN

W0014764

Das Buch

»Ich denke, die ganze Welt ist auf Reisen, nur die Moorhusener sind geblieben, wo sie immer waren«, wundert sich der alte Fritz, Knecht auf dem Moorhof in Schleswig-Holstein. Als die elfjährige Anna morgens aus dem Fenster schaut, sieht sie Pferdewagen, die über das Kopfsteinpflaster rumpeln, und sonderbare Menschen, die Körbe, Taschen und Rucksäcke tragen. »Das sind Flüchtlinge«, sagt ihre Mutter. Auch auf den Moorhof kommen Flüchtlinge, eine Frau und ihr Junge halten Einzug in Annas Stube. Zwischen Anna, dem Bauernmädchen, und Ingo, dem Flüchtlingsjungen aus Ostpreußen, entsteht eine Freundschaft.
Die Geschichten der Kinder von Moorhusen erzählen von heute nicht mehr vorstellbaren Lebensumständen und sind dennoch voller Schönheit und Poesie. Der große Erzähler Arno Surminski hat in der Tradition von *Damals in Poggenwalde* ein Buch geschrieben, das Leser aller Altersgruppen bezaubern wird.

Der Autor

Arno Surminski, geboren am 20. August 1934 in Jäglack, als Sohn eines Schneidermeisters, blieb nach der Deportation seiner Eltern 1945 allein in Ostpreußen zurück. Nach Lageraufenthalten in Brandenburg und Thüringen wurde er 1947 von einer Familie mit sechs Kindern in Schleswig-Holstein aufgenommen. Im Anschluss an eine Lehre in einem Rechtsanwaltsbüro und zweijährige Arbeit in kanadischen Holzfällercamps war er seit 1962 in Hamburg in der Rechtsabteilung eines Versicherungsunternehmens tätig. Seit 1972 arbeitet er freiberuflich als Wirtschaftsjournalist und Schriftsteller.

In unserem Hause sind von Arno Surminski bereits erschienen:

Aus dem Nest gefallen · Besuch aus Stralsund
Damals in Poggenwalde · Fremdes Land
Jokehnen oder Wie lange fährt man
von Ostpreußen nach Deutschland?
Kein schöner Land · Kudenow oder An fremden Wassern weinen
Malojawind · Die masurischen Könige
Polninken oder Eine deutsche Liebe
Sommer vierundvierzig oder Wie lange fährt man
von Deutschland nach Ostpreußen?
Versicherung unterm Hakenkreuz

Arno Surminski

Die Kinder von Moorhusen

Mit Zeichnungen von
Silvia Christoph

Ullstein

Besuchen Sie uns im Internet:
www.ullstein-taschenbuch.de

Für Nikolai und Rebecca

Ein Buch für Kinder
und alle, die damals Kinder
gewesen sind.

Umwelthinweis:
Dieses Buch wurde auf chlor- und säurefreiem Papier gedruckt.

Ullstein Verlag
Ullstein ist ein Verlag der Ullstein Buchverlage GmbH, Berlin.
1. Auflage August 2004

Umschlaggestaltung: Thomas Jarzina, Köln,
unter Verwendung einer Vorlage von Bauer + Möhring, Berlin
Titelabbildung: AKG, Berlin
Druck und Bindearbeiten: Ebner & Spiegel, Ulm
Printed in Germany
ISBN 3-548-25876-X

Inhalt

Die Fremden kommen

Als Anna schlafen ging, schlug die Kirchturmuhr die neunte Stunde. Rex langweilte sich, er heulte den Mond an, bis der ein griesgrämiges Gesicht machte und sich hinter Wolken versteckte. Auf dem Scheunendach gurrten Tauben. Tina, die abends immer in ihrer Kammer saß und Strümpfe stopfte, sang traurige Lieder.

»Du musst leiser singen«, sagte Annas Mutter. »Das Kind muss früh in die Schule, es soll jetzt schlafen.«

Anna konnte aber nicht schlafen. Über ihr auf dem Dachboden gingen die Mäuse spazieren, sie übten Wettlaufen und Purzelbaumschlagen. Der alte Fritz saß unten in der Küche, er schnitzte an einem Haselnussstock und hustete alle fünf Minuten.

»Das kommt vom vielen Pfeiferauchen«, schimpfte Tina immer, wenn Fritz so laut hustete, dass die Tassen auf dem Küchentisch klapperten.

Er rauchte wirklich zu viel. Nicht nur die Blätter der Tabakpflanzen steckte er in die Pfeife, auch trockene Kleeblüten und Moorgras, weil es richtigen Pfeifentabak bei Krämer Lottermann nicht zu kaufen gab.

»Von so einem Kraut soll der Mensch wohl Husten bekommen«, meinte Tina, und Annas Mutter sagte: »Wenn unser Fritz nichts zu rauchen hat, pafft er Tannenzapfen, als wären es dicke Zigarren.«

Bevor die Mutter ins Bett ging, schaute sie in Annas Dachstube.

»Schläfst du schon?«, flüsterte sie.

Anna schloss die Augen und presste die Lippen zusammen, damit die Mutter denken sollte, sie schliefe. In Wahrheit dachte sie an die Menschen, die mit ihr auf dem Moorhof lebten, an Tina, die Magd, und Fritz, den alten Knecht, an ihre Mutter und die Tiere, die zum Hof gehörten, die vier Pferde und sieben Kühe, an Rex in seiner Hundehütte und die gurrenden Tauben auf dem Dach. Sie fand es ziemlich langweilig auf dem Moorhof. Gern hätte Anna einen Bruder oder eine Schwester zum Spielen gehabt. Auch sollte ihr Vater bald wiederkommen, der in den Krieg gezogen war und von dem sie nicht einmal wusste, ob er rote oder schwarze Haare hatte. Schließlich dachte sie ans Osterfest, das sie bald feiern wollten. Die Turmuhr schlug zehn, der alte Fritz ging hustend in seine Kammer, dann hörte Anna gar nichts mehr.

Sie wachte früh auf, weil sie auf der Straße Stimmen hörte. Als sie aus dem Fenster schaute, sah sie Pferdewagen, die über das Kopfsteinpflaster rumpelten. Neben den Fuhrwerken gingen sonderbare Menschen, die Körbe, Taschen und Rucksäcke trugen. Einige zogen auch Handkarren, die mit Säcken beladen waren. Der Zug nahm kein Ende. Immer neue Wagen kamen bei Bäcker Fiedebum um die Ecke und verschwanden hinter der Friedhofsmauer. Anna staunte. Früher waren Soldaten durch Moorhusen marschiert, Autokolonnen die Dorfstraße entlanggefahren, auch Reiter, deren Pferde mit ihren eisenbeschlagenen Hufen Funken aus den Pflastersteinen getrieben hatten, waren durchs Dorf gezogen, aber dieser Zug sah anders aus. Die Menschen

trugen zerfranste Mäntel, hatten sich in graue Decken gehüllt, einige humpelten. Traurig blickten sie zu Boden. Auch die Pferde sahen müde aus, als hätten sie eine weite Reise hinter sich und schon lange keinen Hafer mehr gefressen. Über die meisten Wagen war ein Dach gespannt, das wie ein Zelt aussah. An den Seitenbrettern klapperten Eimer und Kochtöpfe. Alte Männer hielten die Zügel, neben ihnen lugten Kindergesichter unter der Zeltplane hervor. Die größeren Kinder liefen hinter den Wagen her, die meisten gingen barfuß, obwohl es noch gar kein Sommer war.

Am Gartenzaun stand der alte Fritz, rauchte sein Morgenpfeifchen und schaute sich die sonderbare Karawane an. Tina drückte ihre Nase am Küchenfenster platt.

»Kinder, Kinder, wo wollen die bloß alle hin?!«, rief sie.

Rex bellte, als wären die Fremden Diebe oder Einbrecher. Nur Annas Mutter ging ihrer Arbeit nach, als wäre nichts geschehen. Sie stellte ein Glas Milch auf den Küchentisch, schmierte Annas Schulbrot und öffnete ein Glas Erdbeermarmelade.

»Was sind das für komische Leute?«, fragte Anna.

»Ich glaube, es sind Flüchtlinge«, sagte die Mutter.

Auf dem Schulweg

Sie standen vor der Schule und sahen, wie die Fremden durch Moorhusen zogen. Das waren wirklich sonderbare Leute, so armselig gekleidet, bestimmt hatten sie Hunger. Sie sprachen kein Wort, lachten nicht einmal, nur einige Kinder winkten ihnen zu, als die Wagen vorbeirumpelten. Nun sah Anna auch, dass viele Kutscher, die die Zügel hielten, gar keine Männer, sondern größere Jungs waren, die eigentlich auch zur Schule gehen müssten, anstatt mit dem Pferdewagen spazieren zu fahren.

»Ob die in Moorhusen bleiben?«, fragte ein größeres Mädchen.

Anna konnte sich das nicht vorstellen. Wo sollten die vielen Menschen in Moorhusen schlafen?

Aber die Wagen hielten auf dem Platz vor der Kirche, wo Dorfpolizist Maschke wie eine Verkehrsampel herumstand und dafür sorgte, dass die Fuhrwerke sich in einer Reihe aufstellten.

»Ob die richtig deutsch sprechen?«, fragte Anna das größere Mädchen.

Nein, so sahen die Fremden nicht aus. Die kamen bestimmt aus sehr fernen Gegenden, wo die Menschen Afrikanisch, Chinesisch oder Timbuktanisch redeten.

Der Bürgermeister ging von Wagen zu Wagen und sprach mit den Fremden. Anna wunderte sich, dass der Bürgermeister von Moorhusen Timbuktanisch verstand.

Ein Junge meinte, die Fremden werden ein Zirkuszelt aufbauen, abends auf dem Seil tanzen, einen Bären spazieren führen und dem Esel das Kopfrechnen beibringen.

Die Moorhusener Kinder wären auch gern zum Kirchplatz gelaufen, um sich die Leute anzusehen, aber da läutete schon die Glocke, und sie mussten zu Lehrer Dusek in die Schule. Der war ziemlich aus der Puste, weil er sich auch die Wagen am Kirchplatz angesehen hatte und sich beeilen musste, um rechtzeitig in der Schule zu sein.

»Wir haben Besuch bekommen«, sagte Dusek. »Weiß einer, was das für Leute sind?«

»Flüchtlinge«, sagte Anna.

»Da hast du Recht«, erklärte Dusek. Er fing an, vom großen Krieg zu erzählen, der viele Häuser zerstört und Menschen getötet hatte.

»Aus Angst vor dem Krieg sind diese Leute geflohen. Wochen und Monate waren sie unterwegs, und jetzt sind sie in Moorhusen.«

Dusek ließ abzählen. Siebenundzwanzig Kinder gingen in die Dorfschule von Moorhusen. Das wusste doch jeder, und sie kannten sich alle, denn die Kinder von Moorhusen waren in dem Dorf geboren, und mehr als dieses Dorf hatten sie noch nicht von der Welt gesehen.

»Wir werden etwas zusammenrücken«, erklärte Dusek. »Die Flüchtlingskinder müssen auch in die Schule gehen. Ich denke, wir stellen noch eine Bank neben das Fenster und drüben vor die Tür auch eine, damit alle Platz finden.«

An Schulunterricht war an diesem Morgen nicht zu denken. Kopfrechnen ging nicht und Schreiben schon gar nicht. Die Kinder waren so aufgeregt wie am Weihnachtsabend, bevor der Weihnachtsmann kommt. Und das alles nur wegen der Flüchtlinge.

Dusek hängte eine Landkarte an die Tafel. Mit dem Zeigestock beschrieb er die Gegenden, wo die Flüchtlinge zu Hause gewesen, und die Wege, die sie gefahren waren.

»Das sind Weltreisen«, sagte er.

Anna stieß ihre Nachbarin an und flüsterte, sie würde auch gern mit dem Pferdewagen so eine Reise unternehmen.

Bevor Dusek sie nach Hause schickte, ermahnte er sie, freundlich zu den fremden Kindern zu sein.

»Vielleicht können sie nicht so gut rechnen und schreiben wie ihr«, erklärte er. »Das ist nicht ihre Schuld. Viele sind schon ein halbes Jahr unterwegs und haben in der langen Zeit keine Schule von innen gesehen. Ihr dürft sie auch nicht auslachen, weil sie etwas anders sprechen als die Menschen in Moorhusen. Überall auf der Welt sprechen die Menschen etwas anders, und das ist gut so.«

Ingo der Schornsteinfeger

Nach der Schule war der Kirchplatz leer.

Als die Kinder nach Hause bummelten, sahen sie auf den Bauernhöfen Flüchtlingswagen stehen, die gerade abgeladen wurden.

Vielleicht haben wir auch Besuch bekommen, dachte Anna. Sie beeilte sich, den Moorhof zu erreichen. Ein Flüchtlingswagen stand nicht vor der Haustür. Rex bellte wie immer, wenn er Anna kommen sah, und der alte Fritz saß zur Mittagspause auf der Bank im Garten.

»Na, das ist eine schöne Bescherung!«, rief er Anna zu und zeigte auf einen vierrädrigen Handkarren hinter dem Fliederbusch. »Mit so einem Klapperkasten sind die quer durch Deutschland gefahren.«

Anna stürmte ins Haus und traf als erstes Tina, die mit Annas Bettzeug im Arm die Treppe herunterkam.

»Kinder, Kinder, was soll das bloß werden?«, jammerte sie.

In der Küche wartete Mutter mit dem Essen. Sie setzte sich zu Anna an den Tisch und sah zu, wie sie Erbsensuppe löffelte.

»Wir mussten ein bisschen umräumen«, sagte sie, »weil der Bürgermeister uns auch Flüchtlinge zugewiesen hat.«

Annas Mutter machte eine Pause und schöpfte Suppe nach.

»Eine Frau und einen Jungen haben wir bekommen«, erzählte sie weiter. »Ich habe mir gedacht, es ist das Beste, wenn du zu mir in die Stube ziehst und die Flüchtlinge in dein Zimmer unter dem Dach.«

Anna ließ vor Schreck den Löffel fallen.

»In einer Woche ziehen sie bestimmt weiter!«, meinte Tina. »Dann bekommst du deine Stube zurück.«

»Von wegen eine Woche«, brummte der alte Fritz. »Die werden so lange bleiben, bis Ostern und Weihnachten auf einen Tag fallen. Wo sollen die vielen Menschen denn hin? Die haben doch kein Zuhause.«

»Tina und ich haben deine Sachen schon runtergetragen«, sagte Annas Mutter.

Anna rannte die Treppe hinauf und stürzte ohne anzuklopfen – denn es war ja ihre Stube – in das Zimmer. Vor ihr stand eine Frau im langen grauen Kleid. Um den Kopf hatte sie ein schwarzes Tuch gewickelt, an den Füßen trug sie klobige Holzschuhe. Anna wollte sagen, dass die Stube ihr gehöre und sie sie bald wiederhaben möchte, aber die Frau lachte so freundlich, dass sie kein Wort sprechen konnte.

Der Junge war auch da. Er saß auf der Fensterbank, schaute sich den Moorhof von oben an und spielte mit Annas Hampelmann, den Tina beim Zimmerausräumen vergessen hatte.

Anna wollte hinlaufen und dem Jungen den Hampelmann wegnehmen, aber die fremde Frau kam ihr zuvor.

»Du hast ihn sicher schon vermisst«, sagte sie und brachte ihr den Hampelmann.

Der Junge starrte aus dem Fenster, als wäre Anna überhaupt nicht da. Anna fand das ein bisschen komisch, denn schließlich saß er in ihrem Zimmer auf ihrer Fensterbank und hatte mit ihrem Hampelmann gespielt. Da hätte er doch wenigstens Guten Tag sagen und seinen Namen nennen können.

Die Frau ergriff Annas Hand.

»Ich bin Frau Waschkun«, sagte sie. »Mein Junge heißt Ingo, er ist elf Jahre alt und gerade ein bisschen traurig.«

»Bis heute früh war das meine Stube«, behauptete Anna.

»Ich weiß, ich weiß«, antwortete Frau Waschkun. »Es tut mir auch sehr Leid, dass wir hier wohnen müssen, aber wir können nicht weiterziehen.«

Annas Mutter erschien in der Tür.

»Du darfst Frau Waschkun nicht stören!«, sagte sie. »Die muss nun ihre Tasche auspacken und sich ein bisschen ausruhen.«

Anna gab der Frau den Hampelmann zurück.

»Meinetwegen kann Ingo damit spielen«, sagte sie. »Vielleicht ist er dann nicht mehr so traurig.«

»Wenn Sie etwas kochen wollen, können Sie unseren Küchenherd benutzen«, sagte Annas Mutter zu der fremden Frau. »Wir haben noch Glut im Ofen.«

In diesem Augenblick sprang Ingo von der Fensterbank, rannte die Treppe hinunter, raus aus dem Haus und auf die Straße. Anna dachte schon, der Junge sei aus Angst weggelaufen, und wollte ihn zurückrufen. Es dauerte nicht lange, da kehrte er wieder. In jeder Hand trug er ein Stück Kohle.

»So was kann man im Winter gut gebrauchen!«, rief er Anna zu und zeigte ihr seine schwarzen Hände. Er sah aus wie ein Schornsteinfeger.

»Ho ... ho ..., das ist ein fixer Bursche!«, lobte der alte

Fritz. Er hatte alles mit angesehen. Da war ein mit Kohlen beladenes Lastauto durch Moorhusen gefahren. Als es auf dem Kopfsteinpflaster rumpeldiepumpel zuging, fielen einige Kohlenstücke vom Wagen. Ingo war hinausgelaufen und hatte sie eingesammelt. Und nun stand er da mit schwarzen Händen und lachte.

Die Tiere des Moorhofes

Am Nachmittag saß Anna am Küchentisch und übte Rechnen. Da hörte sie, wie oben eine Tür klappte. Dann Schritte auf der Treppe. Als sie sich umdrehte, sah sie den fremden Jungen am Treppengeländer stehen.

»Machst du Schularbeiten?«, fragte Ingo.

»Fünf Türme Rechnen.«

Er kam näher und schaute ihr über die Schulter.

»Hast du keine Schularbeiten auf?«, wollte Anna wissen.

»Ich weiß gar nicht mehr, wie das geht«, antwortete er. »Auf der langen Reise hat es nie Schule gegeben.«

»Davon wird man ganz schön dumm«, meinte Anna.

»Rechnen hab ich vergessen und Schönschreiben auch«, sagte Ingo. »Aber ich kann mit dem Katapult schießen und aus Steinen Feuer schlagen. Ich weiß auch, wo die Hühner Eier legen und die Wildenten brüten.«

»Soll ich dir den Moorhof zeigen?«, fragte Anna.

Ingo nickte. Da ließ sie ihre Schularbeiten liegen und zog mit ihm los. Als Erstes besuchten sie Rex, den Hofhund, der angekettet vor seiner Hundehütte lag und fürchterlich bellte, als er Ingo sah. Anna dachte, Ingo würde vor Angst davonlaufen, aber der ging ruhig auf Rex zu und redete mit ihm. Rex hörte auf zu bellen, er wedelte mit dem Schwanz und ließ sich von Ingo streicheln.

»Zu Hause hatten wir auch einen Hund«, sagte Ingo. »Der war ungefähr so groß wie Rex, sah schwarz aus und hieß Struppi.«

»Warum habt ihr ihn nicht mitgebracht?«, fragte Anna.

Ingo setzte sich neben die Hundehütte.

»Das ist ziemlich traurig«, sagte er. »Im Krieg haben ihn die Soldaten totgeschossen. Eines Abends kamen sie in unser Haus, Struppi bellte sie an. Das gefiel den Soldaten nicht. Der eine nahm sein Gewehr und schoss ihm eine Kugel in den Kopf.«

»Aber euer Struppi hatte doch nichts Böses getan!«, rief Anna.

Ingo streichelte Rex, und der ließ es sich gefallen.

»Willst du gar nicht mehr in die Schule gehen?«, fragte Anna.

»Meine Mutter sagt, ich soll schon morgen hingehen, aber am liebsten möchte ich erst nach Ostern eure Schule besuchen. Und Rex werde ich mitnehmen, damit er auch etwas lernt.«

»Der ist nur für die Musikstunde zu gebrauchen«, meinte Anna. »Er kann so schön heulen, wenn nachts der Mond scheint. Heul mal, Rex!«

Aber Rex dachte nicht daran, denn es war schönster Sonnenschein und von einem Mond weit und breit nichts zu sehen.

Als Nächstes kamen sie in den Kuhstall. Da lagen sieben Milchkühe angekettet vor der Futterkrippe und kauten gelangweilt vor sich hin. Als Anna und Ingo eintraten, standen sie auf und brummten.

»Nach Ostern treibt der alte Fritz sie auf die Wiese«, erklärte Anna. »Dort bleiben sie den ganzen Sommer über, und unser Kuhstall ist dann so leer, wir könnten darin Fußball spielen.«

Im Schweinestall hielten sie sich nicht so lange auf, weil es fürchterlich stank. Auch quiekten die Tiere so laut, dass sie sich die Ohren zuhalten mussten. Einen Pferdestall hatte der Moorhof auch. In ihm gab es Platz für vier Pferde. Die beiden Braunen hießen Lotte und Hans, einen Grauschimmel nannte Anna Osterhase und den Rappen Schwarzer Peter.

»Was sind das für komische Namen?«, wunderte sich Ingo.

Anna erzählte, dass sie den Pferden die Namen gegeben hatte. »Und wenn wieder mal ein Fohlen geboren wird, werde ich es Schneewittchen nennen.«

»Auch wenn es braun oder schwarz ist?«

»Natürlich können nur weiße Pferde Schneewittchen heißen«, sagte Anna.

Sie kletterten die Leiter zum Stallboden hinauf. Dort oben lagen im Winter immer Berge von Heu, das Futter für Kühe und Pferde. Aber nun war der Heuboden fast leer, denn es ging ja schon auf Ostern zu. Es duftete nach Kamille und Pfefferminztee, und Anna behauptete, der Heuboden sei das gemütlichste Plätzchen auf dem ganzen Moorhof.

»Hier ist Morles Reich«, sagte Anna.

Da kam sie auch schon angelaufen, die schwarze Katze, um zu sehen, wer zu Besuch gekommen war.

»Wenn Morle wütend ist, kratzt sie dir die Hände blutig!«, rief Anna.

Ingo nahm Morle auf den Arm. Die Katze legte die Ohren an und schnurrte leise.

»Sie mag dich«, sagte Anna. »Wenn Morle dich lei-

den mag, kannst du immer auf den Heuboden kommen.«

Der Moorhof besaß auch eine Scheune. In die wurde im Sommer Roggen, Hafer und Gerste eingefahren. Aber jetzt war auch die Scheune fast leer, nur noch etwas Stroh lag hier und da herum. Ingo kletterte auf einen Balken, saß hoch über Anna, ließ die Beine baumeln und tat so, als sei er Kapitän eines Segelschiffes, der nach einer Schatzinsel Ausschau hält oder nach fürchterlichen Seeräubern.

»Wenn du runterfällst, brichst du dir die Beine!«, rief Anna.

Ingo fiel aber nicht, er sprang freiwillig auf einen Strohhaufen, der unter dem Balken lag.

»Ins Stroh springen ist gerade so wie in ein weiches Federbett fallen«, sagte er.

Sie machten noch einen Abstecher zum Gemüsegarten, wo Tina gerade Beete anlegte. Der Gemüsegarten war Tinas Reich. Sie allein erntete Radieschen und Salatköpfe, sie pflückte Stachelbeeren, Johannisbeeren und Erdbeeren, und kein anderer durfte ihr dabei in die Quere kommen.

»Tina kann sehr böse werden, wenn fremde Jungs ihre Pflaumenbäume abschütteln«, sagte Anna. Sie erzählte Ingo die Geschichte vom frechen Peter, der einmal in Tinas Birnbaum geklettert war, um Birnen zu stehlen. Als Tina ihn entdeckte, holte sie Rex und band ihn an den Baum. Rex fletschte die Zähne und bellte. Tina stand unten mit einem Besenstiel in der Hand und erzählte dem frechen Peter, wie böse es enden kann, wenn einer in fremden Gärten Birnen stiehlt.

»Zur Strafe sollst du bis zum Abend im Baum sitzen!«, rief Tina. »Vielleicht lasse ich dich auch über Nacht im Birnbaum schlafen und morgen fällst du runter wie eine reife Birne.«

Nach einer halben Stunde hatte Tina Mitleid mit dem Jungen. Sie nahm Rex an die Leine, der Junge kletterte vom Baum. Tina zog ihm die Ohren lang und sagte: »Beim nächsten Mal wird Rex dir in die Waden beißen.«

Ingo gefiel die Geschichte überhaupt nicht.

»Vielleicht hatte der Junge bloß Hunger«, sagte er.

»Auch wenn einer Hunger hat, darf er nicht anderer Leute Birnen stehlen«, behauptete Anna.

Drei mal drei sind sechs

»Kannst du Ingo mitnehmen?«, fragte Frau Waschkun am nächsten Morgen. »Er kennt den Weg zu eurer Schule nicht.«

»Endlich gehen deine langen Ferien zu Ende«, freute sich Anna.

Aber wo waren Ingos Schulsachen? Er stand einfach so rum, besaß kein Buch oder Heft, steckte beide Hände in die Hosentaschen und sagte: »Meinetwegen kann es losgehen.«

Na, das kann lustig werden, dachte Anna. Der hat ja nicht mal einen Bleistift.

Sie bummelten los. Unterwegs erzählte Anna von Lehrer Dusek. Dass er ziemlich alt sei, keine Haare auf dem Kopf habe, dafür aber einen langen weißen Bart.

»Wenn er an seinem Lehrerpult sitzt, reicht der Bart bis zur Tischplatte.«

Ingo erkundigte sich, wie viele Kinder in die Moorhusener Schule gingen.

»Wir sind alle in einer Klasse, die Großen und die Kleinen, und wenn keiner krank ist, sind wir siebenundzwanzig.«

»Aber keiner hatte so lange Ferien wie ich«, behauptete Ingo stolz.

Auf dem Schulhof standen schon andere Flüchtlingskinder, die nicht recht wussten, wo sie hingehörten. Die Moorhusener Kinder starrten sie an, als wären die

Neuen Gespenster. Sie tuschelten miteinander und wunderten sich, wie die Fremden aussahen. Die Mädchen hatten lange Zöpfe, sie trugen kurze Röcke und besaßen keine Strümpfe. Ihre Füße steckten nackt in Holzschuhen. Den Jungs waren die Kopfhaare abgeschoren bis auf einen kleinen Pusch vorn über der Stirn. Ein Junge, den sie Iwan nannten, besaß überhaupt keine Haare. Der sah putzig aus.

Um acht Uhr trat Lehrer Dusek vor die Tür. Die Moorhusener Kinder stürmten ins Klassenzimmer, setzten sich auf ihre Plätze und waren gespannt, was nun werden sollte. Die Flüchtlingskinder blieben scheu vor der Tür stehen.

»Erst wollen wir unseren Besuch begrüßen!«, rief Dusek.

Er stimmte ein Frühlingslied an, und als sie zur dritten Strophe kamen, sangen auch die Fremden mit.

»Jeder von euch bekommt einen neuen Nachbarn«, erklärte Dusek.

Anna sprang gleich auf, packte Ingo am Arm und zog ihn zu ihrer Bank. Als die Neuen verteilt waren, sah das Klassenzimmer aus wie ein krabbelnder Ameisenhaufen. So viele Kinder hatte die Moorhusener Schule noch nie gesehen. Die Neuen mussten der Reihe nach aufstehen und ihre Namen nennen. Anna wunderte sich, dass es ganz gewöhnliche Namen waren, wie sie auch in Moorhusen vorkamen. Sie hießen Inge und Eva, Horst und Helmut, nur als der Junge ohne Haare seinen Namen nannte, lachte die ganze Klasse. Aber Dusek sagte, es gäbe ein Land, in dem die meisten Jungen Iwan hießen, was auf Deutsch soviel wie Hans bedeutete.

Nun sollte es losgehen mit der Schule, aber die Neuen

besaßen keine Schulsachen. Woraus sollten sie vorlesen? Und womit schreiben?

Dusek verteilte an jeden ein Heft und einen Bleistift.

»Bis neue Bücher kommen, müsst ihr gemeinsam in eine Fibel schauen. Am ersten Tag wollen wir nicht lesen oder schreiben, wir fangen mit Kopfrechnen an«, sagte er. »Dafür braucht der Mensch keine Bücher und Bleistifte, sondern nur seinen Kopf.«

Er fragte Ingo, wieviel drei mal drei ist.

Der dachte ziemlich lange nach, zählte auch ein bisschen an seinen Fingern. Anna wollte es ihm schon vorsagen, da fiel es Ingo doch noch ein.

»Ich schätze mal, das sind sechs.«

Die Kinder lachten, Ingo bekam einen roten Kopf, Anna flüsterte ihm zu, er müsse neun sagen, aber Ingo blieb dabei, dass drei mal drei sechs sind, wie ja auch zwei mal zwei vier ergeben.

Das kommt davon, wenn einer zu lange Ferien gehabt hat, dachte Anna.

Nach dieser Panne ließ Dusek das Kopfrechnen lieber bleiben und erzählte den Neuen, was es in Moorhusen für Sehenswürdigkeiten gab, wie viele Menschen im Dorf lebten, wie der Bürgermeister hieß, dass die Kirche schon vierhundert Jahre auf dem Buckel trug und zwei Glocken besaß, eine für die traurigen und die andere für die lustigen Tage. Einen Bäcker hat Moorhusen auch, der heißt Fiedebum. Krämer Lottermann verkauft Heringe. Am Dorfende steht eine Windmühle, die Korn zu Mehl mahlt und jeden Tag die Flügel drehen lässt, weil es Wind reichlich gibt in dieser Gegend.

»Das Wichtigste an Moorhusen ist das Moor«, erklärte Dusek. »Davon hat unser Dorf seinen Namen. Es ist ein gewaltiger Sumpf, dessen Wasser so trübe aussieht wie Braunbier.«

Dusek warnte sie, durchs Moor zu spazieren. »Da kann man leicht untergehen. Nur im Winter, wenn es gefroren ist, hält das Moor. Dann holen die Moorhusener auch ihren Torf aus dem Moor und verbrennen ihn im Ofen, damit ihre Stuben warm bleiben.«

Auch die Moorhusener Schule wäre ohne Torf ein Eiskeller, sagte Dusek.

Ein Mädchen fragte, ob es in Moorhusen auch eine Badestelle gebe.

»Dafür haben wir den Moorsee«, erklärte Dusek. »In dem ist baden aber nicht geheuer, es blubbert und gärt mächtig im Wasser, und mancher ist schon im moorigen Grund stecken geblieben. Deshalb gehen die Moorhusener, wenn ihnen die Hitze zu Kopf steigt, lieber in ihren Garten und gießen sich einen Eimer kaltes Wasser über den Rücken.«

An dieser Stelle meldete sich der kleine Iwan zu Wort. Er behauptete, in dem Dorf, aus dem er komme, hätte es drei Badeseen gegeben, einen für den Morgen, den zweiten für mittags und einen für die Abendbrotzeit.

Die Moorhusener Kinder fanden es ein bisschen komisch, wie der kleine Iwan mit den vielen Seen prahlte, aber Dusek meinte, es gebe da, wo die Flüchtlinge herkämen, das Land der tausend Seen, und es könnte schon sein, dass einer dreimal am Tag in anderem Wasser gebadet habe.

In der zweiten Stunde war Sport an der Reihe, weil das auch nichts mit Büchern und Bleistiften zu tun hatte. Die Mädchen spielten Völkerball auf dem Schulhof, die Jungs gingen zum Schlagballwerfen auf die Wiese. Als sie wiederkehrten, erzählte Dusek vor der ganzen Klasse, Ingo habe am weitesten geworfen, nämlich fünfundfünfzig Meter.

Schularbeiten gab Dusek keine auf. Die Flüchtlingskinder sollten sich erst an Moorhusen gewöhnen. Außerdem war ja bald Ostern, und zum Osterfest gibt es nie Schularbeiten.

Nach der Schule bummelten Anna und Ingo zurück zum Moorhof.

»Warum haben die Flüchtlingsjungs kurz geschorene Haare?«, fragte Anna.

»Das liegt an den Läusen.«

Anna verstand das nicht.

»Weißt du nicht, dass Läuse sich nur in Haaren wohl fühlen? Wenn ein Mensch keine Haare hat, kann er auch keine Läuse bekommen.«

»Und die Mädchen mit den langen Zöpfen?«

Ob die Läuse hatten, wusste Ingo nicht. So nah war er noch nie einem Mädchen gewesen, dass er die Zöpfe nach Läusen hätte absuchen können.

Mit dem ersten Schultag war er nur mäßig zufrieden. Beim Schlagballwerfen war er Sieger gewesen, aber es ärgerte ihn, dass alle gelacht hatten wegen der Kopfrechnerei. Er blieb steif und fest dabei, dass drei mal drei sechs sind. Erst im Herbst änderte sich diese Rechnung, als Tina Äpfel pflückte. Drei große Apfelbäume standen im Garten, und Tina sagte, Ingo könnte von jedem Baum drei Äpfel bekommen, also drei mal drei.

»Na, wie viele willst du haben, sechs oder neun?«, fragte sie.

Da entschied sich Ingo doch lieber für neun Äpfel.

Tina der Osterhase

Auf dem Moorhof fing das Osterfest immer so an, dass Tina vor Sonnenaufgang in den Garten schlich, um Ostereier zu verstecken. Das waren gewöhnliche Eier, die die Hühner gelegt hatten. Mit einem kleinen Pinsel aus Annas Tuschkasten hatte Tina Blumen und Kringel auf die weißen Eier gemalt.

»Kinder, Kinder, wie kann der Osterhase bloß schön malen!«, rief Tina immer, wenn Anna vom Eiersammeln ins Haus kam.

Anna wusste längst, dass der Osterhase Tina hieß, aber sie freute sich trotzdem auf das Eiersuchen.

Wenn Tina alle Eier versteckt hatte, kam sie ins Haus und rief: »Der Osterhase war da!«

Anna zog eine Jacke über den Schlafanzug und rannte in den Garten.

Tina versteckte die Eier immer an anderen Stellen, so dass Anna wirklich angestrengt suchen musste.

Plötzlich hörte sie eine Stimme rufen: »Hinter dem Apfelbaum!«

Ingo saß oben auf der Fensterbank. Er wusste, wo Tina die Eier versteckt hatte.

»Beim Johannisbeerbusch liegen auch welche!«, schrie er.

»Wenn du alles weißt, komm doch runter und hilf mir suchen!«, rief Anna ihm zu.

Das ließ Ingo sich nicht zweimal sagen. Im Nu war er

bei Anna im Garten, und es dauerte nicht lange, da hatten sie ein Körbchen voller bunter Ostereier gesammelt.

»Gehören die alle dir?«, fragte Ingo.

»Tina hat sie für mich versteckt, aber eigentlich gehören die Geschenke, die der Osterhase bringt, allen Kindern.«

Sie setzten sich auf die Treppe, legten die Eier in langer Reihe nebeneinander und zählten sie. Achtzehn Ostereier. Jeder bekam die Hälfte. Ingo pellte gleich ein Ei ab und steckte es mit einem Haps in den Mund.

»Gab es bei euch auch Osterhasen?«, fragte Anna.

Ingo konnte nur nicken, weil er den Mund voll hatte.

Später erzählte er, wie er mit anderen Kindern von Haus zu Haus gegangen war. Sie hatten Gedichte aufgesagt und Lieder gesungen. Jeder trug einen Birkenzweig in der Hand. Damit klopften die Kinder den Erwachsenen auf den Rücken und bekamen Bonbons, Eier und Kuchen, manchmal auch einen Groschen.

In diesem Augenblick kam Tina und schlug die Hände über dem Kopf zusammen, als sie die Bescherung auf der Treppe sah. Überall lagen Eierschalen herum, und Ingo steckte gerade das vierte Ei in den Mund.

»Kinder, Kinder, das gibt Bauchschmerzen!«, rief sie. »Hast du dem Flüchtlingsjungen alle Ostereier geschenkt?«

»Wir haben sie uns geteilt«, antwortete Anna. »Weil ein richtiger Osterhase seine Eier allen Kindern bringt.«

Da sagte Tina gar nichts mehr.

Weil Ingo nichts mehr essen konnte, nahm er ein paar Eier mit für seine Mutter.

Annas Mutter flüsterte ihrer Tochter ins Ohr: »Das hast du gut gemacht.«

Nur der alte Fritz schimpfte: »Früher hat der Osterhase mir wenigstens ein Päckchen Tabak gebracht. Er ist so alt, dass er mich ganz vergessen hat.«

Der große Hunger

Anna merkte es bald: Ingo hatte immer Hunger. Früh wachte er auf, weil sein Magen knurrte, abends konnte er vor Hunger nicht einschlafen. Kam er die Treppe runter, um Anna zur Schule abzuholen, blieb er am Frühstückstisch stehen, machte große Kulleraugen, bis Tina ihm ein Stück Brot abschnitt und mit Marmelade bestrich.

»Kinder, Kinder«, stöhnte sie, »wie kann ein so kleiner Mensch so viel essen.«

Auch in der Schule kam es vor, dass Ingos Magen in der Malstunde, wenn alle still waren und nur die Bleistifte auf dem Papier knirschten, losknurrte. Die Kinder lachten laut, aber Lehrer Dusek meinte: »So ein Magen knurrt, wann er will.«

Gab es mal ein Essen, das Anna nicht schmeckte, packte sie es heimlich in ihre Schultasche. Auf dem Schulweg setzten sie sich auf die Bank vor der Kirche, und Ingo aß alles auf: kalte Pellkartoffeln, saure Heringsschwänze und hartes Schwarzbrot, mit Quark und Sirup beschmiert, Käsescheiben, die so sehr stanken, dass man sie unmöglich in die Schule mitnehmen konnte.

»Wie kommt es nur, dass du immer Hunger hast?«, fragte Anna.

»Das liegt an dem verdammten Lager«, antwortete Ingo.

Anna wusste nicht, was ein Lager bedeutete.

»Wenn du ganz viele Menschen hast, die alle kein Zuhause haben, baust du ihnen ein Lager«, erklärte Ingo. »Das sind viele Holzhütten, die auf einem Haufen stehen, rundherum ist ein hoher Zaun, am Eingang des Lagers ein Tor mit einem Schlagbaum, der aussieht wie eine Eisenbahnschranke.«

Ingo nahm einen Stock und zeichnete ein Lager in den Sand.

Der Zaun war so hoch, da hätte Rex seine Mühe gehabt rüberzuspringen. Neben dem Schlagbaum malte Ingo einen Mann in Uniform. Der kontrollierte jeden, der hinein oder hinaus wollte.

»In so einem Lager hast du gelebt?«, wunderte sich Anna.

»Alle Flüchtlinge waren in einem Lager.«

Ingo malte Holzhäuser in den Sand. Die nannte er Baracken. Jede Hütte war ungefähr dreimal so groß wie der Hühnerstall auf dem Moorhof. Sie hatte vier Räume, in denen dreistöckig Betten übereinander standen. Die Kinder schliefen oben, die alten Leute unten, weil die schlecht nach oben klettern konnten. Manchmal fielen Kinder aus ihren Betten, dann gab es großes Geschrei in der Baracke.

»Bist du auch aus dem Bett gefallen?«, wollte Anna wissen.

»Dreimal«, antwortete Ingo, »aber ich hab nicht geweint.«

»Und was hat das Lager mit deinem Hunger zu tun?«, fragte Anna.

»Na, da war doch eine Küchenbaracke, die stand mitten im Lager. Morgens um sieben liefen alle hin, um

einen Teller Suppe abzuholen. Mittags gab es eine Mütze voll Pellkartoffeln, und wenn es dunkelte, ein Stück Brot, so hart, dass dir beim Kauen die Zähne wehtaten. Um das zu bekommen, musste man lange in einer Menschenschlange warten, und immer wenn ich in der Schlange vor der Küchenbaracke stand, fing es mit dem Hunger an.«

»Gab es in eurem Lager auch eine Schulbaracke?«, fragte Anna.

Ingo schüttelte den Kopf.

»So was brauchten wir nicht«, sagte er. »Es war da nur noch eine Krankenbaracke, aber da ging man lieber nicht hin. Wer da rein muss, kommt nicht mehr lebend raus, sagte meine Mutter immer.«

Ingo wischte das Lager, das er in den Sand gemalt hatte, mit einem Fußtritt weg.

»Wenn alle Menschen die Lager verlassen haben, werden sie die Baracken abbrennen«, sagte er. »Das wird ein Riesenfeuer geben, bis Moorhusen wird man die Rauchwolken sehen. Und meine Mutter sagt: Wenn alle Lager abgebrannt sind, wird der Krieg wirklich zu Ende sein.«

Die Sprache der Pferde

Lotte und Hans, der Schwarze Peter und der Osterhase lebten nicht zum Spaß auf dem Moorhof, sie mussten tüchtig arbeiten. Jeden Morgen spannte Fritz sie vor den Wagen, um aufs Feld, in den Wald oder zur Mühle zu fahren. Auch zogen sie den Pflug, wenn der Acker bestellt wurde. Im Sommer brachten sie die Erntefuhren und im Herbst die mit Kartoffeln und Rüben beladenen Wagen auf den Moorhof. Wintertags holte Fritz mit den Pferden Holz aus dem Wald. Waren besonders schwere Lasten zu ziehen, fuhr Fritz vierspännig, vorne gingen der Rappe und der Grauschimmel, dahinter Lotte und Hans.

Ingo war gern bei den Pferden. Morgens vor der Schule lief er oft in den Pferdestall, um zuzusehen, wie der alte Fritz den Pferden Hafer gab.

»Ho … ho …, wollt ihr nicht so drängeln!«, redete Fritz mit ihnen. »Jeder bekommt seinen Eimer! … Sei nicht so gierig, du alter Osterhase!«

Fritz schickte Ingo auf den Stallboden, um einen Arm voll Heu zu holen. Das stopfte er in die Futterraufen und sah zu, wie die Pferde fraßen. Er hörte sie schnauben und prusten, durfte ihre Mähne streicheln, sie ließen es sogar zu, dass Ingo in die großen Pferdeohren pustete. Aus dem langen Pferdeschwanz flocht er einen Zopf, der so aussah wie der von Tina, wenn sie sonntags mit frisch gebundenem Haar in die Kirche ging.

Von Ingo lernte Anna die Pferdesprache.

»Wenn ein Pferd nach links gehen soll, musst du hü sagen, willst du es nach rechts haben, heißt es hott. Pirr bedeutet stehen bleiben, und bei hopp soll das Pferd springen.«

Manchmal schlichen sie heimlich in den Pferdestall, Ingo kletterte auf den Schwarzen Peter und machte da oben allerlei Kunststücke. Er befahl Trab und Galopp, rief dem Schwarzen zu, über einen Zaun zu springen, ritt durch einen reißenden Fluss, einen steilen Berg hinauf, schrie huh, huh, huh wie die Indianer, wenn sie zur Büffeljagd über die Prärie reiten. In Wirklichkeit stand der Schwarze Peter ruhig im Stall und wunderte sich, warum Ingo so auf ihm herumhampelte.

Das ging so lange gut, bis der alte Fritz in der Tür stand.

»Ho … ho …!«, rief er. »Hab ich dich endlich. Die Pferde müssen schwer arbeiten und brauchen Ruhe. Mit denen darf keiner Indianer spielen.«

»Bei euch kann man nicht mal auf dem Ziegenbock reiten«, murrte Ingo. »Ich hab den Schwarzen Peter doch gar nicht bewegt und nur so getan, als ob ich reite.«

Am Abend trafen sie Fritz in der Küche beim Tabakschneiden.

»Wenn du reiten willst, geht es nur an einem Sonntag, da sind die Pferde ausgeruht«, sagte er. »Und das Fräulein Anna muss auch mitreiten.«

Als Tina das hörte, schlug sie die Hände über dem Kopf zusammen.

»Kinder, Kinder, ihr werdet euch den Hals brechen!«

Ein bisschen Angst hatte Anna schon, aber wenn Ingo ausritt, wollte sie auch dabei sein.

Der Krieg ist zu Ende

Der alte Fritz kam mittags in die Küche und sagte: »Der Krieg ist aus.«

Er hatte es vom Milchwagenfahrer gehört, der jeden Morgen die Milch aus Moorhusen zur Meierei in die Stadt und auf dem Rückweg die neuesten Nachrichten aus der Stadt ins Dorf brachte.

Annas Mutter faltete die Hände.

»Wenn kein Krieg mehr ist, wird dein Vater bald nach Hause kommen.«

»Ich hab auch einen Vater!«, rief Ingo, rannte die Treppe hinauf zu seiner Mutter und rief: »Der Krieg ist aus!«

Frau Waschkun kam langsam die Treppe herunter. Sie wischte ihre nassen Hände an der Schürze ab, ging zu Annas Mutter, und jeder konnte sehen, dass die beiden Frauen weinten.

»Nun wird alles besser«, sagte Frau Waschkun leise.

Sie setzten sich an den Küchentisch, sprachen über den Krieg, der bald sechs Jahre gedauert hatte, und über ihre Männer, von denen sie lange nichts gehört hatten.

»Kinder, Kinder, ich kann es gar nicht glauben«, sagte Tina. »Irgendwo ist doch immer Krieg. Nun hat er so lange gedauert, warum soll er auf einmal aufhören?«

Der alte Fritz wanderte grummelnd durchs Haus.

»Krieg hin, Krieg her«, brummte er, »aber Mittagessen muss sein.«

Er ärgerte sich, dass keiner ans Essenkochen dachte, wo er einen solchen Hunger hatte.

Anna und Ingo bummelten über den Hof, besuchten Rex vor seiner Hundehütte und die Pferde im Stall.

»Wie ist so ein Krieg?«, fragte Anna.

»Ich hab ihn gesehen, ich weiß Bescheid«, sagte Ingo. »Vor allem ist so ein Krieg furchtbar laut. Die Kanonen donnern, die Gewehre schießen, die Flugzeuge brausen im Tiefflug über die Häuser, und wenn eine Bombe fällt, knallt es so, als wenn hundert Fensterscheiben mit einmal zerspringen.«

»Hast du Tote gesehen?«

»Jede Menge. Im Krieg kann man ziemlich schnell sterben. Da liegen die Toten im Straßengraben, auf den Feldern und vor ihren Häusern, nicht nur Menschen, auch Pferde und Kühe, Hunde, Katzen und Schweine.«

Anna war froh, dass der Krieg nicht bis Moorhusen gekommen war, dass Rex noch lebte und Morle, die schwarze Katze, und alle Pferde, Kühe und Schweine.

»Auch brennt es in einem Krieg viel. Am besten, du läufst gleich in den Wald und versteckst dich. Ich bin auf einen Baum geklettert. Da konnte ich sehen, wie unser Haus brannte. Mein Bett verbrannte, das Schaukelpferd und alle Schulbücher.«

»Gab es denn keine Feuerwehr?«, fragte Anna.

»Im Krieg kommt keine Feuerwehr, da darf es brennen, solange es will.«

Sie saßen vor der Hundehütte und stellten sich vor, wie es ist, wenn ein Haus brennt, wenn alle Puppen, Teddybären und Bilderbücher einfach verbrennen, die

Hampelmänner, die schönen Sonntagsschuhe und Tinas blauer Schal.

»Habt ihr auch einen Bauernhof gehabt?«, fragte Anna.

»Mein Vater arbeitete auf einem Bauernhof, wir wohnten in einem kleinen Haus hinter der Scheune.«

Ingo zeigte in die Richtung, in der morgens die Sonne aufgeht.

»Da ungefähr lag unser Dorf«, sagte er. »Ziemlich weit weg. Mit der Eisenbahn brauchst du bestimmt drei Tage, mit dem Pferdewagen drei Wochen, und wer zu Fuß gehen will, kommt überhaupt nicht an.«

»Werdet ihr wieder nach Hause fahren?«, fragte Anna.

Ingo schüttelte den Kopf.

»Unser Haus ist doch abgebrannt«, sagte er.

Anna war erleichtert. Sie hatte gedacht, Frau Waschkun und Ingo wollten den Moorhof wieder verlassen. Dann wäre sie allein geblieben und hätte keinen zum Spielen gehabt.

Sie sprachen noch eine Weile über den Krieg und ihre Väter, die sie kaum kannten. Ingos Vater musste gleich, als der Krieg anfing, zu den Soldaten. Das war so lange her, Ingo würde seinen Vater nicht mehr wiedererkennen. Nur so viel wusste er, dass Max Waschkun groß und stark war und so viel Kraft besaß, dass er Ingo und Anna gleichzeitig die Treppe hinauftragen könnte.

»Mein Vater ist auch groß und stark«, sagte Anna. »Vor zwei Jahren war er zum letzten Mal auf Urlaub.«

Sie stellten sich vor, ihre Väter hätten sich im Krieg getroffen. Als der Krieg einmal Pause machte, sprachen sie von ihrem Zuhause, der eine von seiner Tochter Anna und der andere von seinem Sohn Ingo.

»Mein Vater lebt bestimmt noch«, behauptete Ingo. »Wenn ein Krieg zu Ende ist, kommen die Soldaten auch in ein Lager. Von dort werden sie nach Hause geschickt, vielleicht morgen schon oder übermorgen.«

»Mein Vater wird auch kommen«, sagte Anna. »Er schreibt uns einen Brief, dann kauft er sich eine Fahrkarte, setzt sich in den Zug, und wenn die Eisenbahn an Moorhusen vorbeikommt, springt er aus dem fahrenden Zug in den Graben und wandert zum Moorhof.«

Das wäre etwas, wenn beide Väter gleichzeitig in Moorhusen ankämen. Sie spazieren die Dorfstraße entlang, Annas Vater zeigt Ingos Vater das Moor, den Moorsee, die Windmühle und den Kirchturm. Vor dem Moorhof bleiben sie stehen. Dem alten Fritz, der am Gartenzaun steht, fällt vor Schreck die Pfeife aus dem Mund. Der eine Vater fragt: »Lebt in diesem Haus vielleicht eine Frau Waschkun mit einem elfjährigen Jungen Ingo?« Und der andere Vater wird sagen: »Wo steckt bloß meine Tochter Anna?«

»Besuch ist da!«, wird Tina rufen und vor Schreck gleich drei Teller auf einmal fallen lassen.

Als Anna und Ingo ins Haus kamen, saßen die beiden Mütter immer noch am Küchentisch. Fritz hatte sich in seine Kammer zurückgezogen und aß weiter nichts als Marmeladenbrot. Tina rührte schweigend im Suppentopf.

Am Tag, als die Störche kamen

Eines Morgens wachten alle früher auf als sonst, weil es draußen laut klapperte. Auf dem Stalldach standen zwei Störche, die ihre Schnäbel hoben und senkten und aufgeregt mit den Flügeln schlugen. Ingo kletterte auf die Fensterbank, um sich das Storchenspektakel anzuschauen. Auf dem Giebel des Stalls entdeckte er ein Nest. Er hatte es bisher nicht bemerkt, weil es sehr alt und verfallen aussah und kein Mensch sich vorstellen konnte, dass dort einmal Störche gewohnt hatten.

Tina erschien mit aufgelösten Haaren vor der Tür.

Fritz zog die Hose über sein Nachthemd und eilte auf den Hof.

»Die Störche sind da!«, hörte Anna ihre Mutter rufen.

Bald standen alle Bewohner des Moorhofes vor der Haustür und schauten zum Stalldach, wo die Störche immer noch ihr Begrüßungslied klapperten. Sogar Rex blickte nach oben, er fing auch an zu bellen.

»Kaum ist der Krieg zu Ende, kommen die Störche wieder«, sagte Annas Mutter.

Anna konnte sich nicht erinnern, jemals Störche auf dem Moorhof gesehen zu haben.

»Als du klein warst, kam mal ein Storchenpaar und baute das Nest. Im nächsten Jahr kamen sie nicht wieder, das Nest gehörte danach den Sperlingen.«

»Das machte der Krieg«, brummte Fritz. »Die vielen Flugzeuge am Himmel, die Schießerei, die Bomben, das verstörte die Störche so sehr, dass sie den Weg nicht finden konnten.«

»In Moorhusen haben Störche ein gutes Leben«, behauptete Tina. »Am Seeufer gibt es Frösche genug, und das Moor ist voller Getier, das den Störchen gut schmeckt.«

Frau Waschkun flüsterte Ingo zu: »Ich glaube, es sind unsere Störche. Sie sind uns nachgeflogen, weil keiner zu Hause war.«

Ingos Mutter glaubte fest daran, dass es ihre Störche waren. Das mochte wahr sein, denn alle Störche sehen gleich aus, sie haben ein schwarzweißes Gefieder, lange Beine, einen roten Schnabel und rote Füße.

»Bei uns in Masuren gab es viele Störche«, sagte Frau Waschkun. »Unsere Gegend war ein richtiges Storchenland. Jedes Dorf hatte mehrere Nester, die Störche gehörten zu uns wie die Haustiere.«

Die Störche des Moorhofes machten sich gleich an die Arbeit. Erst reparierten sie das alte Nest, warfen morsche Zweige auf den Hof, holten sich neue Äste aus dem Wald, dazu trockenes Gras, um das Nest weich auszupolstern, denn sie wollten Eier legen und junge Störche ausbrüten.

Die Störche blieben den ganzen Sommer über. Sie begleiteten den alten Fritz bei seiner Arbeit auf den Feldern. Wenn Tina in den Garten ging, um Suppenkraut zu holen, klapperten sie ihr hinterher. Auf den Wiesen am See spazierten sie auf und ab, um sich ihr Mittagessen zu suchen. Einmal verirrte sich ein Storch auf die Kirchturmspitze und ein andermal sogar auf die Windmühle. Da saß er gemütlich auf einem Mühlenflügel und schaute in Müller Mackes Mehlsäcke. Der Müller

konnte nicht mahlen, weil er fürchtete, der Storch würde herunterfallen und sich den Hals brechen.

Einmal besuchte ein Storch auch die Moorhusener Schule. Er setzte sich auf den Telegrafenmast neben die Schultür und schaute durchs Fenster ins Klassenzimmer, wo die Kinder gerade singen lernten.

»Das ist der Schulrat«, erklärte Dusek. »Er hat sich als Storch verkleidet und will prüfen, ob ihr eure Schularbeiten gemacht habt.«

Der letzte Hering

Wenn einer bei Bäcker Fiedebum Brot oder Zucker kaufen wollte, brauchte er Lebensmittelmarken. Geld konnte er die ganze Tasche voll haben, aber Geld allein genügte nicht.

Das war nicht nur in Moorhusen so, sondern in allen Dörfern und Städten.

»Auch das kommt vom Krieg«, erklärte Tina.

Der hatte nämlich so viel zerstört, dass nicht mehr genügend zum Essen da war. Damit von dem wenigen jeder etwas abbekam, musste es der Bürgermeister genau verteilen. Er gab die Lebensmittelmarken aus, auf denen stand, dass Frau Waschkun und ihr Sohn Ingo jeden Tag ein Pfund Brot bekommen sollten und jede Woche eine Schachtel Margarine und jeden Monat eine Tüte Zucker.

Zum Einkaufen schickte Frau Waschkun immer Ingo.

»Pass auf die Marken auf!«, rief sie ihm nach. »Wenn du sie verlierst oder wenn sie dir gestohlen werden, bekommst du vier Wochen nichts zu essen.«

Ingo verwahrte die Marken in einem Beutel, den er um seinen Hals hängte. Alle Augenblicke guckte er rein, um zu sehen, ob sie noch da wären.

Wenn einer heute zum Einkaufen geht, betritt er den Krämerladen und sagt: ›Guten Tag.‹ Der Krämer fragt, was es denn sein dürfe. Der Kunde sagt, er möchte eine Riesenmettwurst kaufen oder einen Sack voller Bonbons oder einen runden Käse, der so groß ist, dass man ihn über die Straße rollen kann.

Damals ging Einkaufen ganz anders. Immer hatte Krämer Lottermann das, was die Leute kaufen wollten, nicht da. Kam einer um neun Uhr morgens in den Laden, sagte Lottermann: »Du hättest um acht kommen müssen, dann wäre noch etwas da gewesen.«

Lottermann fand es spaßig, wenn sich die Leute vor seinem Laden versammelten und eine Menschenschlange geduldig wartete, bis er seinen Bart rasiert und die Morgenzeitung gelesen hatte. Die Schlange vor Lottermanns Laden ging quer über die Dorfstraße zum Nachbarhaus, von dort um den Lindenbaum und wieder zurück. Die Letzten in der Schlange kamen auch als Letzte dran. Da konnte es passieren, dass der Krämer plötzlich laut schrie: »Geht nach Hause, Leute, es ist nichts mehr da!« Rums schlug er den Wartenden die Tür vor der Nase zu.

Das Schlangestehen war furchtbar langweilig. Stundenlang musste Ingo auf der Straße zubringen und weiter nichts tun als warten. Wenn er wenigstens Rex dabeigehabt hätte. Um ihm die Zeit zu vertreiben, ging Anna häufig mit zu Krämer Lottermann. Sie brauchte nicht anzustehen, weil Annas Mutter einen Bauernhof hatte. Dort gab es alles, was sie zum Essen brauchten. Bauern bekamen auch keine Lebensmittelmarken.

Häufig erledigten Anna und Ingo ihre Schularbeiten in der Schlange. Anna legte ihr Rechenheft auf Ingos Rücken und malte mit einem Bleistift Zahlen. Wenn sie fertig war, schrieb Ingo seine Schularbeiten auf Annas Rücken. Wussten sie nicht weiter, fragten sie die Leute in der Schlange.

»Weiß jemand, wie viel zwölf mal zwölf ist?«

Oft dachten sie sich während des Wartens Geschichten aus. Ingos Lieblingsgeschichte war die vom Schlaraffenland. Das war eine Gegend, wo die Tauben schon fertig gebraten durch die Luft flogen und man aus den Seen Milch und Honig schöpfen konnte. Sie stellten sich Lottermann als Krämer im Schlaraffenland vor. Der Laden groß wie ein Fußballplatz, in den Regalen die schönsten Dinge, die man sich denken konnte: Bananen, Apfelsinen, Schweizer Käse, Streuselkuchen, Kekse, Bonbons, Schokolade und Mettwürste so dick und rund wie Zaunpfähle. Jeder konnte mitnehmen, was er wollte, ohne lange in einer Schlange zu warten oder Marken vorzulegen. Es war auch kein Lottermann im Laden, der sagte: »Geht nach Hause, heute ist nichts mehr da.« Im Schlaraffenlandladen war immer etwas da.

Meistens ging die Schlaraffenlandgeschichte so aus, dass Anna und Ingo sich die Taschen mit Schokolade vollstopften, damit in den Wald liefen, sich unter einen Baum legten und so lange aßen, bis ihnen der Bauch wehtat.

Die Geschichte vom letzten Hering passierte nicht im Schlaraffenland, sondern in Wirklichkeit. Lottermann hatte ein großes Fass voller Heringe bekommen. Sofort bildete sich eine Schlange vor dem Laden, weil jeder Moorhusener einen Hering haben wollte. Als Ingo an die Reihe kam, steckte der Krämer seinen Kopf in das Fass, fischte mit den Händen in der trüben Heringsbrühe und fand noch einen einzigen Fisch. Den fasste er am Schwanz und schwenkte ihn durch die Luft.

»Seht mal, Leute, das ist der letzte Hering!«, schrie er.

Ingo dachte, er würde den letzten Hering bekommen, weil er doch an der Reihe war. Aber Lottermann sperrte seinen Mund groß auf, ließ den Hering hineinfallen und schnappte zu. Weg war er, der letzte Hering.

Alle lachten, nur Ingo war zum Heulen zumute.

»Der Lottermann ist dick genug!«, schimpfte er. »Warum musste er mir den letzten Hering vor der Nase wegschnappen?«

Nach diesem Vorfall gab es im Schlaraffenland auch Heringe. Ingo bestellte ein ganzes Fass, und jeden Morgen und Abend aß er mindestens einen, und zwar genau so, wie Lottermann den letzten Hering gegessen hatte.

Auf der Wäscheleine

Eines Tages kam der kleine Iwan nicht in die Schule. Da seine Mutter auch keinen Entschuldigungszettel mitgeschickt hatte, wusste keiner, warum Iwan fehlte.

»Vielleicht ist er krank«, sagte Dusek. Anna sollte nach der Schule vorbeischauen und nach dem kleinen Iwan fragen. Das tat sie auch gern, und Ingo begleitete sie. Iwan wohnte mit seiner Mutter und einem alten Großvater in Bäcker Fiedebums Gartenhaus. Früher hatte Fiedebum in der Hütte seine Spaten, Schaufeln und Harken aufbewahrt, weil aber immer mehr Flüchtlinge kamen, musste er das Häuschen abgeben, damit Menschen darin wohnen konnten.

Sie standen am Gartenzaun und riefen Iwan. Als sie keine Antwort erhielten, betraten sie den Garten, sahen ganz hinten die Hütte aus Holz mit zwei kleinen Fenstern und einer Tür, aus dem Dach ragte ein Schornsteinrohr. Vor der Hütte standen zwei Apfelbäume. Zwischen denen war eine Leine gespannt, an der Wäschestücke hingen, ein Hemd, eine Hose, zwei Paar Strümpfe und eine schwarze Jacke.

»Hallo!«, rief Anna, als sie das Haus erreicht hatten.

Iwans Mutter schaute zur Tür heraus.

»Wie schön, dass ihr meinen Jungen besuchen kommt«, sagte sie. »Sicher habt ihr ihm die Schulaufgaben mitgebracht. Tretet nur ein, Iwan liegt im Bett.«

Anna und Ingo dachten, der kleine Iwan wäre krank,

aber er saß fröhlich im Bett, spielte mit Bauklötzen und besah Bilderbücher.

»Morgen komme ich wieder zur Schule«, empfing er sie.

»Und warum hast du heute gefehlt?«, fragte Anna.

»Nackt kann man schlecht zur Schule gehen.«

Iwans Mutter zeigte zu der Wäscheleine im Garten.

»Irgendwann musste ich seine Kleider doch waschen. Alles, was Iwan zum Anziehen besitzt, hängt auf der Leine.«

Sie erklärten dem kleinen Iwan noch, welche Schularbeiten er zu machen hatte, dann rannten Anna und Ingo nach Hause.

»Die Flüchtlinge sind so arm, sie müssen im Bett bleiben, wenn ihre Kleider gewaschen werden«, erzählte Anna.

Tina prustete vor Lachen.

»Kinder, Kinder, wie ist das bloß komisch!«

Der alte Fritz kratzte sich umständlich den Kopf.

»Vielleicht sollte man den kleinen Iwan in einen Kartoffelsack stecken, bis die Kleider trocken sind«, schlug er vor.

»Da gibt es nichts zu lachen«, schimpfte Annas Mutter. »Die Flüchtlinge mussten so schnell vor dem Krieg weglaufen, dass sie nur mitnehmen konnten, was sie gerade angezogen hatten.«

Am Nachmittag durchwühlte Anna ihre Kleiderkiste. Sie fand darin nur Röcke und Mädchenkleider, die dem kleinen Iwan bestimmt nicht passten. Aber dann war da noch ein roter Pullover. Den packte sie ein und schenkte ihn dem kleinen Iwan, als er am nächsten Morgen zur Schule kam.

Nun bekam Dusek auch den Entschuldigungszettel.

»Iwan konnte nicht zur Schule kommen, weil ich seine Kleider waschen musste«, schrieb die Mutter.

»Eine solche Ausrede für Schuleschwänzen hab ich noch nie gehört«, schimpfte Dusek.

Er schrieb auf die Rückseite des Entschuldigungszettels:

»Wenn man am Sonntag wäscht, sind die Kleider bis zur Schule am Montag trocken.«

Der Eierdieb

Frau Waschkun war ständig damit beschäftigt, Essen zu beschaffen.

»Wie gut, dass Frühling ist«, sagte sie immer. »Überall grünt und sprießt es, da lässt sich gut leben. Und grüne Kräuter sind auch gesund.«

Sie pflückte Brennnesseln und kochte daraus eine grüne Suppe. Sie sammelte Rüben, die von den Bauernwagen gefallen waren, und rührte daraus einen gelben Brei. Als die ersten Butterblumen blühten, schickte sie Ingo los, einen Blumenstrauß zu pflücken. Und was geschah mit den gelben Blüten? Frau Waschkun schnitt die Blumen in Stücke, goss Wasser darüber, gab etwas Salz und Essig dazu, rührte kräftig um, und fertig war der schönste Salat.

Auch Ingo musste sammeln helfen. Er pflückte am liebsten Sauerampferblätter, weil er die gleich in den Mund stecken konnte.

»Kinder, Kinder, wie geht es bloß komisch zu bei diesen Flüchtlingen«, wunderte sich Tina. »Bei uns fressen die Kühe das Gras und die Schweine die Brennnesseln, aber die Flüchtlinge stecken alles in ihren Kochtopf und sagen auch noch, dass es gut schmeckt.«

Wovon sollten sie auch satt werden? Sie besaßen keinen Garten, in dem Gemüse wuchs, keinen Acker für Kartoffeln und Rüben, sie konnten kein Korn in die Mühle fahren, um daraus Mehl mahlen zu lassen. Ihnen gehörten keine Kühe, die Milch gaben, nicht einmal Hühner hatten sie, die ihnen Eier legten.

»Die leben von heißer Luft und Regenwasser«, meinte Tina. »Dass sie keine Eier haben, stimmt übrigens nicht«, fuhr sie fort. »Dieser Ingo streift immer durch unseren Garten und sucht Eier, die die Hühner verlegt haben. Wenn er eines findet, schlägt er es auf und trinkt es auf der Stelle aus, so wie andere Leute Wasser trinken. Ich habe es selbst gesehen.«

»Stimmt es, dass du Tinas Hühnereier austrinkst?«, wollte Anna wissen.

»Die dumme Tante Tina!«, schimpfte Ingo los. »Sie hat den Hühnern fünf Nester im Stall gebaut, da sollen sie die Eier hineinlegen. Das tun sie meistens auch. Aber manchmal gefällt es ihnen, ihre Eier irgendwo im Garten zu verlegen, unter den Apfelbaum, in einen Brennnesselbusch oder ins Blumenbeet. Das sind dann nicht mehr Tinas Eier. Die gehören dem, der sie findet. Soll doch Tina die Hühnersprache lernen und den Hühnern sagen, dass sie keine Eier in den Garten legen dürfen.«

Ingo achtete immer auf das Gackern der Hühner. Hörte er sie im Garten gackern, lief er schnell hin und suchte so lange, bis er das Ei fand.

»Was die Hühner in den Garten legen, bekommt Tina sowieso nicht«, sagte er. »Wenn ich die Eier nicht finde, holt sie sich der Fuchs oder der Iltis oder ein Wiesel. Glaub mir, Anna, es gibt viele Eierdiebe.«

Er zeigte Anna, wie man Eier austrinkt. In die Spitze des Eis pikste er ein kleines Loch, dann nahm er das Ei an den Mund und sog so lange, bis die Flüssigkeit aus dem Ei herauskam.

Wie Dorfpolizist Maschke die Hühner verhaften wollte

»Warum haben die Flüchtlinge so wenig zu essen?«, fragte Anna ihre Mutter.

»Der Krieg hat zu viel zerstört«, erklärte sie. »Auf den Feldern, wo Roggen und Weizen wachsen sollte, hoben die Soldaten Schützengräben aus, die Scheunen brannten ab, die Kartoffeln erfroren im Winter. Da blieb nicht viel übrig, um satt zu werden.«

Anna war froh, dass in ihrer Gegend kein Krieg gewesen war. Auf dem Moorhof gab es genug, um satt zu werden, und sie nahm sich vor, von ihrem Essen Ingo etwas abzugeben. Auch der kleine Iwan sollte ab und zu etwas haben, damit er wuchs und nicht ein Zwerg blieb.

»Was auf unserem Hof wächst, dürfen wir nicht für uns behalten«, sagte Annas Mutter. »Jeder muss Milch, Schweine, Hühnereier, Kartoffeln und Roggen abliefern, er darf nur so viel behalten, dass er selbst satt wird. Die abgelieferten Lebensmittel bekommen die Leute in der Stadt und die Flüchtlinge. Die Polizei passt auf, ob die Bauern wirklich alles abliefern. Wer etwas zurückbehält, muss ins Gefängnis.«

Wie das mit dem Abliefern ging, sollten sie bald erfahren. Eines Tages kam nämlich Dorfpolizist Maschke auf den Moorhof geradelt. Er trug eine Uniform und tat ziemlich wichtig.

»Nach meiner Liste haben Sie auf dem Moorhof zwanzig Hühner, Frau Petersen«, sagte er zu Annas Mutter. »Von zwanzig Hühnern müssen Sie jeden Monat hundert Eier abliefern. Im Februar waren es aber nur fünfzig. Wenn Sie den Rest nicht bald nachliefern, muss ich Ihre Hühner verhaften.«

Tina lachte laut los.

»Na, viel Spaß beim Hühnerverhaften!«, rief sie.

Anna stellte sich vor, wie der dicke Maschke über den Moorhof läuft, um Hühner zu fangen. Der weiße Gockelhahn fliegt aufs Dach, kräht laut und lacht den dicken Maschke aus. Und die Hühner verstecken sich auf dem Stallboden oder in den Brennnesseln in Tinas Garten.

»Mensch, Maschke«, sagte Annas Mutter, »so ein Dorfpolizist versteht auch nichts von der Hühnerzucht. Wissen Sie denn nicht, dass Hühner bei großer Kälte keine Eier legen können? Im Februar hatten wir Eis und Schnee, da dachten die Hühner an den Sommer und nicht ans Eierlegen.«

Maschke kratzte sich den Kopf und überlegte.

»Wenn es so ist, werde ich ein Auge zudrücken«, sagte er. »Aber im Sommer, wenn die Hühner mehr Eier legen, müssen Sie die fünfzig nachliefern, damit die Zahlen stimmen, Frau Petersen.«

»Komisch ist das«, sagte der alte Fritz. »Da denkt man immer, die Polizei kümmert sich um Räuber und Einbrecher, aber der dicke Maschke zählt Hühnereier.«

»Im Nachbardorf haben sie einen Bauern ins Gefängnis gesperrt, weil er zum Weihnachtsfest zwei Gänse geschlachtet hatte, obwohl ihm nur eine zustand«, sagte Annas Mutter.

»Wie ist die Welt nur sonderbar«, brummte Fritz. »Die bringen wirklich Menschen ins Gefängnis, weil sie zu viel Hühnereier oder Gänsefleisch gegessen haben.«

»Dich werden sie einsperren, weil du zu viel Tabak rauchst!«, rief Tina ihm zu und lachte.

In der Mühle

»Wollt ihr mitkommen?«, fragte der alte Fritz eines Nachmittags, als Anna und Ingo nicht recht wussten, was sie anfangen sollten. Er spannte den Osterhasen und den Schwarzen Peter vor den Wagen, danach lud er Kornsäcke auf.

»Müller Macke soll unser Korn zu Mehl mahlen, und aus dem Mehl backt Tina schwarzes Roggenbrot.«

Natürlich fuhren sie mit. Sie kletterten auf die Kornsäcke, ließen die Beine runterbaumeln und sahen sich Moorhusen vom fahrenden Wagen aus an. Pfeifenrauch wehte ihnen um die Nase, ab und zu knallte Fritz mit der Peitsche und erzählte ihnen unterwegs von der Windmühle. Dass sie schon über hundert Jahre alt sei, und Leute aus Holland hätten sie erbaut.

»Ja, die Holländer verstehen sich auf Windmühlen. Wenn ihr groß seid, müsst ihr mal nach Holland reisen. Da gibt es mehr Windmühlen als Kirchtürme. Wenn sich alle holländischen Mühlenflügel drehen, klingt es so, als wenn tausend Schwäne fliegen.«

Die Flügel der Moorhusener Mühle sangen nicht wie Schwäne, sie bewegten sich überhaupt nicht. Müller Macke hatte sie mit einer Kette an einen großen Stein gebunden. Das tat er immer, wenn er gerade nichts zu mahlen hatte.

Als sie vorfuhren, schaute er zur Tür heraus, ein kleiner Mann, an dem alles weiß war von dem vielen Mehl,

das er gemahlen hatte. Die Jacke, die Haare, das Gesicht, sogar Ohren und Hände, alles weiß.

»Die Schornsteinfeger werden von ihrer Arbeit schwarz und die Müller weiß«, erklärte Fritz.

»Ihr möchtet euch wohl gern meine Mühle ansehen?«, wandte der Müller sich an Anna und Ingo. »Aber passt nur auf, dass ihr nicht in den Körnertrichter fallt, sonst werdet ihr in kleine Stücke gemahlen und als Brezel in den Backofen geschoben.«

Zum ersten Mal sahen sie eine Windmühle von innen. Dicke Holzbalken waren mit grauem Mehlstaub bedeckt. Das Mühlrad war ein schwerer Stein, der sich im Kreis drehte, wenn der Wind die Mühlenflügel bewegte. Dabei zerquetschte der Stein die Körner zu feinem Mehl.

Eine Holztreppe führte bis unter das Dach.

»Da oben nisten Eulen und Spatzen!«, rief Macke ihnen nach, als sie hinaufstiegen.

Am Ende der Treppe war es dunkel. Ingo fand eine Dachluke. Die stieß er auf, und sie sahen, dass sie hoch über Wiesen und Feldern waren, fast so hoch wie die Moorhusener Kirchturmspitze.

Sie setzten sich in die Luke, ließen die Beine runterbaumeln und schauten über die Felder zum Moorhusener See. Unten sahen sie Fritz, der Kornsäcke in die Mühle trug. Danach fuhr er den leeren Wagen einen Steinwurf von der Mühle weg, band die Pferde an einen Baum, weil er wusste, dass sie große Angst hatten vor Mühlenflügeln, die sich im Wind drehten. Als Fritz sie oben in der Luke sitzen sah, winkte er ihnen zu.

»Haltet euch fest!«, rief er. »Wer aus der Luke fällt, bricht sich den Hals.«

In der Mühle begann es zu rumoren. Macke schüttete das Korn aus den Säcken in den Mahltrichter, ließ die Flügel von der Kette, gab ihnen einen kleinen Schubs, und schon begannen sie sich im Wind zu drehen, erst langsam, dann immer schneller.

In der Luke, in der Anna und Ingo saßen, wurde es ungemütlich. Eben war es ihnen so vorgekommen, als hätte die Mühle geschlafen, aber nun begann sie zu ächzen und zu stöhnen. Die Flügel sausten an der Luke vorbei, sie hätten sie greifen und mitfliegen können.

»Wenn wir uns an den Flügeln festhalten, werden wir durch die Luft getragen bis zu den Wolken!«, rief Ingo.

Von einer solchen Karussellfahrt wollte Anna nichts wissen. Sie bekam Angst vor der knarrenden, ächzenden Mühle und stellte sich vor, wie sie sich plötzlich in die Luft erheben und mit ihnen davonfliegen könnte über Wiesen und Felder bis zum Meer und wer weiß wohin.

»Seid ihr noch da?!«, schrie der Müller nach oben.

Vorsichtig kletterten sie die Treppe hinunter. Alles bebte und zitterte, dass man denken konnte, das Treppenholz werde bald zusammenbrechen.

»Kein Wunder, dass der Osterhase und der Schwarze Peter vor so einem Ungetüm Angst haben«, flüsterte Anna.

Der Müller stand vor dem Getreidetrichter und sah zu, wie der Mühlstein die Körner zerquetschte. Aus einer Luke unter dem Stein rieselte weißes Mehl in einen Sack.

Er nahm eine Hand voll und rieb damit ihre Gesichter ein.

»Nun seht ihr aus wie Kuchenbäcker«, sagte er.

Als das Korn durchgemahlen war, legte Macke die Flügel wieder an die Kette. Sofort war die Mühle still und friedlich. Fritz konnte mit dem Wagen vorfahren und die Mehlsäcke aufladen. Dabei wurde auch er ganz weiß.

»Dich kenne ich, du bist das Mädchen vom Moorhof«, sagte der Müller zu Anna. »Aber was bist du für einer?«, wandte er sich an Ingo.

»Ingo wohnt erst vier Wochen bei uns«, erklärte Anna.

»Also ein Flüchtling?«

Macke nahm Ingo an die Hand und ging mit ihm zu den Mehlsäcken.

»Hast du eine Tüte mit?«, fragte er.

Natürlich hatte Ingo keine Tüte mit, Anna auch nicht und der alte Fritz schon gar nicht.

Der Müller hielt Ingos Jackentasche auf und schöpfte mit der hohlen Hand Mehl aus dem Sack in die Tasche.

»Deine Mutter soll dir davon Pfannkuchen backen«, sagte er.

Weiß wie die Bäckergesellen kamen die drei auf dem Moorhof an.

»Kinder, Kinder, seid ihr in einen Mehlsack gefallen?!«, rief Tina.

Ingo zog die Jacke aus, krempelte die Taschen um und schüttete das Mehl, das der Müller ihm geschenkt hatte, in eine Schüssel. Tina konnte gar nicht aufhören zu lachen, als sie sah, wie das Mehl aus allen Nähten rieselte.

»Davon kochen wir schöne Klunkersuppe!«, rief Frau Waschkun.

»Ich möchte lieber Pfannkuchen haben«, antwortete Ingo.

Der Müller hatte es gesagt, und darum musste es bei Pfannkuchen bleiben.

Als Ingo sich satt gegessen hatte, legte er sich auf die Fensterbank, schloss die Augen und stellte sich vor, mit den Windmühlenflügeln zu den Wolken zu reisen.

Über Wiesen und Felder

An den Nachmittagen streiften Anna und Ingo oft durch die Feldmark. Meistens nahmen sie Rex mit, der sich furchtbar langweilte, weil er immer in der Hundehütte liegen und den Moorhof bewachen musste. Wenn Rex mit ihnen spazieren ging, war er so aufgeregt, dass Anna Mühe hatte, ihn an der Leine festzuhalten. Möwen und Krähen, die auf dem frisch gepflügten Acker umherstolzierten, kläffte er an, die Lerchen, die trillernd in den Himmel stiegen, verfolgte er mit seinem Gebell. Sprang ein Hase auf, wollte Rex dem Meister Lampe gleich hinterherlaufen.

»Wenn wir Rex von der Leine lassen, besorgt er uns Hasenbraten«, sagte Ingo. Der dachte schon wieder nur ans Essen.

Wenn Dorfpolizist Maschke hört, dass wir Rex zum Hasenfangen abrichten, sperrt er uns ins Gefängnis, und Rex auch, dachte Anna.

Ihre Lieblingsbeschäftigung auf den Wanderungen hieß Bäumeraten. Jeder Baum hatte unterschiedliche Zweige und Blätter, es war gar nicht so einfach, immer den richtigen Namen zu finden. Sahen sie aus der Ferne einen Baum am Feldrand stehen, sagten sie, das ist eine Eiche oder eine Linde oder eine Buche. Dann liefen sie hin, um zu sehen, wer Recht hatte. Birken wuchsen viele in Moorhusen, das ganze Moor stand voll weißer Birkenstämme. Ingo konnte Blättchen der Birkenrinde in den Mund nehmen, zwischen die Lippen pressen und darauf so laut pfeifen, dass es sich wie Vogelgezwitscher anhörte. Rex regte das mächtig auf, er wollte unbedingt wissen, wo der komische Vogel saß, konnte ihn aber nicht finden.

Die meisten Bäume und Büsche in Moorhusen sahen genauso aus, wie Ingo sie von zu Hause her kannte. Schwarze Erlen wuchsen am Wasser, Haselnusssträucher auf Wällen, Fliederbüsche und Heckenrosen am Wegrand. Was er nicht kannte, waren die Holunderbüsche, die an den Feldwegen standen und weiß blühten.

»Im Herbst haben die Holunderbüsche dunkelblaue Beeren. Aus denen presst Tina Saft oder sie kocht eine Suppe, von der man blaue Lippen und eine blaue Zunge bekommt«, erklärte Anna.

»Noch eine Suppe«, schimpfte Ingo. An Suppen gab es wirklich genug, für jeden Tag in der Woche eine andere. Er nahm sich aber doch vor, im Herbst Holunderbeeren zu ernten, damit er auch blaue Lippen und eine blaue Zunge bekam. Ingo merkte sich wilde Kirschbäume. Dort wollte er ernten, wenn die Kirschen reif wären. Auch wilde Birnbäume suchte er und die Stellen, wo im Sommer die schwarzen Brombeeren wuchsen. Nebenbei hielt er Ausschau nach Kräutern, aus denen seine Mutter Tee gegen Schnupfen und Halsschmerzen brühte.

Einmal kamen sie auf ihren Wanderungen zum Moor. Dort wuchs das Schilfgras so hoch, dass von Anna und Ingo nur noch die Köpfe herausschauten, Rex war überhaupt nicht mehr zu sehen.

»Weiter dürfen wir nicht«, sagte Anna.

Das Moor war der unheimlichste Ort in Moorhusen. Bei jedem Schritt bewegte sich die Erde, es gluckerte und bibberte, und wenn einer nicht aufpasste, konnte er bis zum Bauch einsinken.

»Weißt du, was Tina sagt? Im tiefen Schilf wohnt der Moormann. Der fängt kleine Kinder und nimmt sie mit in den Sumpf.«

»Darüber lachen die Hühner!«, rief Ingo. Aber ein bisschen Angst hatte er auch. Als Anna umkehrte, ging er mit ihr, und Rex freute sich auch, aus dem hohen Gras herauszukommen.

»Was meinst du, kann unser Rex einen Hasen fangen?«, fragten sie abends den alten Fritz.

Der kratzte sich den Kopf.

»So einen lahmen Hasen gibt es gar nicht, dass unser Rex ihn fangen könnte.«

Die Schwalben sind da

Als die Butterblumen blühten, kamen die Kühe auf die Wiese. Sie blieben Tag und Nacht draußen, Fritz und Tina fuhren abends und morgens hinaus, um sie zu melken.

Wer aber gedacht hätte, dass der Kuhstall nun leer sei, irrte sich gewaltig. Tinas Hühner spazierten oft durch den Stall, und auch Morle streifte immer noch durch ihr Reich, um nach Mäusen Ausschau zu halten. Aber richtig lebhaft wurde es, als die Schwalben von ihrer Reise in den Süden zurückkehrten. Pausenlos flogen sie durch die offenen Stallfenster ein und aus, holten Baumaterial, um ihre Nester an die Balken zu kleben. Es war ein ständiges Zwitschern und Flattern.

»Jetzt sind alle Zugvögel wieder zu Hause«, sagte Tina.

Im Garten hatte sie schon die Stare begrüßt, auf dem Scheunendach die Störche, und als Letztes waren die Schwalben im Kuhstall eingekehrt.

»Die bleiben den ganzen Sommer über zu Besuch, und im Herbst fliegen sie wieder nach Afrika, wo es wärmer ist als in Moorhusen.«

Der alte Fritz mochte die Schwalben nicht so gern.

»Das Schwalbengezwitscher macht die Pferde scheu«, schimpfte er. »Auch kleckern die Schwalben ihren Dreck auf die Pferde, ich muss sie jeden Tag putzen, denn mit Schwalbenmist auf dem Pferderücken kann ich unmöglich ins Dorf fahren.«

Wegen der Schwalben brachte Fritz auch die Pferde auf die Wiese, gleich abends nach dem Füttern und Tränken. Sie blieben über Nacht draußen, bis Fritz sie morgens wieder zur Arbeit holte.

Anna und Ingo zählten Schwalbennester. Im Pferdestall fanden sie sieben, im Kuhstall elf, zwei Schwalbenpaare hatten ihre Nester übers große Scheunentor gebaut, und eines fanden sie sogar am Küchenfenster. Als die Schwalben zu Tina in die Küche kamen, wurde sie ärgerlich und jagte sie mit dem Besenstiel hinaus.

»Kinder, Kinder, wenn das so weitergeht, spucken uns die Schwalben noch in den Suppentopf«, schimpfte sie.

Jedes Schwalbenpaar legte vier Eier in sein Nest. Bald schlüpften junge Schwalben, und das Zwitschern in den Ställen wurde noch lauter.

Wenn die jungen Schwalben auf Futter warteten, das ihnen die Schwalbeneltern bringen sollten, steckten sie ihre Köpfe aus den Nestern und ließen sich leicht zählen. Hundertundsieben Schwalben zählten Anna und Ingo auf dem Moorhof.

Es dauerte nicht lange, da verließen die Jungen auch ihre Nester und flogen durchs Fenster, um sich Futter zu suchen. Der ganze Moorhof war ein Schwalbenparadies. Manchmal saßen sie wie die Perlen einer Kette auf der Telefonleitung und zwitscherten.

»Unsere Schwalben können sogar telefonieren«, behauptete Fritz.

Tina wusste auch, mit wem. »Bestimmt rufen sie in Afrika an, damit die Leute dort ihnen ein schönes Nest für den Winter bauen.«

»Wie siehst du denn aus?«, rief Tina, als Ingo abends ins Haus kam.

Eine Schwalbe hatte, während sie auf der Telefonleitung saß, einen ordentlichen Klecks Schwalbendreck fallen lassen. Der war auf Ingos Kopf gelandet, er hatte es nicht bemerkt und musste schnell zur Pumpe laufen, um seinen Kopf zu waschen.

»Schwalbendreck im Haar bringt Glück«, sagte Tina und lachte laut.

Anna hätte auch gern etwas Glück gehabt. Aber sooft sie auch unter der Telefonleitung stand und abends über den Hof spazierte, Schwalbendreck ist ihr niemals ins Haar gefallen.

Mit dem Osterhasen unterwegs

Am Sonntagmorgen, Fritz saß gemütlich am Frühstückstisch, standen Anna und Ingo schon wartend in der Tür.

»Die Pferde müssen erst Hafer fressen, ich muss eine Pfeife rauchen, und dann kann es losgehen«, sagte Fritz. Er musterte Anna von unten bis oben. »Willst du so auf dem Pferd sitzen? Wer reiten will, muss Hosen anziehen.«

»Anna hat aber keine Hosen!«, rief Tina.

»Warum kann ein Mädchen nicht im Rock auf dem Pferd sitzen?«, sagte Annas Mutter. »Wir können nicht extra Hosen kaufen, nur weil das Kind einmal ausreiten will.«

»Weil es komisch aussieht«, brummte der alte Fritz. »Anna wird sich die Strümpfe zerreißen und das Knie am Gebüsch zerkratzen. Mit Hosen geht Reiten viel besser.«

Nachdem Fritz seine Morgenpfeife geraucht hatte, zogen sie zu dritt zum Pferdestall. Fritz zäumte den Schwarzen Peter auf, führte ihn aus dem Stall und band ihn an den Apfelbaum. Dann kam der Osterhase.

»Und wo ist das dritte Pferd?«, fragte Ingo.

»Wir brauchen nur zwei«, erklärte Fritz. »Ihr beiden werdet auf einem Pferd reiten. Erst wenn ihr richtig reiten könnt, bekommt jeder sein eigenes Pferd.«

Ingo hätte lieber gleich schon ein eigenes Pferd gehabt, aber Anna war froh, dass sie zusammen auf dem Grauschimmel sitzen sollten.

»Nun kommt das Wichtigste«, sagte Fritz. »Wer ausreiten will, muss sehen, wie er aufs Pferd kommt.«

Das war leichter gesagt als getan. Ingo nahm Anlauf und sprang. Kaum war er auf der einen Seite oben, rutschte er auf der anderen runter. Er versuchte es noch einmal. Wieder ging es hier rauf und da runter. Tina, die durchs Küchenfenster zugesehen hatte, fing laut an zu lachen, als sie Ingos Sprungkünste sah.

»Du sollst nicht Bocksprung üben!«, rief der alte Fritz.

Ingo versuchte, sich an der Mähne des Grauschimmels hochzuziehen. Auch das schaffte er nicht. Da entdeckte er den Rübenwagen. Er führte das Pferd dorthin, kletterte erst auf den Wagen und von dort ohne Mühe auf den Pferderücken.

»Du bist gar nicht dumm«, lobte ihn der alte Fritz.

Anna brauchte sich nicht so anzustrengen, denn Fritz nahm sie auf den Arm und hob sie auf den Grauschimmel.

»Halt dich an Ingo fest, der nimmt die Zügel«, bestimmte Fritz. »Auf dem Rückweg machen wir es umgekehrt, dann sitzt du vorn und Ingo hinten.«

»Kinder, Kinder, das ist ja wie im Zirkus!«, rief Tina, als sie die beiden auf dem Pferd sitzen sah.

Fritz stieg auf den Schwarzen Peter.

»Dann wollen wir mal!«, sagte er und ritt vom Hof, der Osterhase mit Anna und Ingo auf dem Rücken trottete hinterher.

»Brecht euch bloß nicht den Hals!«, rief Tina ihnen nach.

Erst ging es gemütlich die Dorfstraße entlang. Fritz

sprach mit den Pferden, fand unterwegs Zeit, eine Pfeife zu stopfen und ein Streichholz anzuratschen. An der Schule vorbei, wo sie von oben ins leere Klassenzimmer schauen konnten.

Schade, dass Lehrer Dusek nicht auf dem Schulhof stand. Der hätte sich bestimmt gewundert.

»Zur Mühle reiten wir lieber nicht«, sagte Fritz. »Die Pferde haben Angst vor den Mühlenflügeln, sie könnten vor Schreck davongaloppieren.«

Sie bogen in einen Feldweg, kamen zum Erlenwald und entdeckten zwischen den Baumstämmen den blauen Moorhusener See. Kaum erblickte der Osterhase das Wasser, marschierte er schon hinein, senkte den Kopf, um zu trinken.

»Haltet euch fest, sonst fallt ihr kopfüber in den See!«, schrie Fritz.

Um den See führte ein Trampelpfad. Den wollte Fritz mit ihnen entlangreiten. Er ritt voraus, der Osterhase trottete friedlich hinterher. Hin und wieder schnappte er nach Schilfgräsern, manchmal blieb er stehen, um zu fressen. Ingo musste laut schreien und seine Füße in den Pferdebauch drücken, um den Osterhasen anzutreiben.

Sie hatten den See schon fast umrundet, da gab es noch ein kleines Unglück. Vor ihnen flog eine Wildente auf. Das jagte dem Osterhasen einen solchen Schreck ein, dass er einen mächtigen Satz zur Seite machte. Die beiden Reiter rutschten vom Pferderücken, erst Ingo, Anna hinterher. Es platschte im nassen Sumpfgras. Anna fiel auf Ingo, der Osterhase galoppierte den Trampelpfad entlang. Weg war er.

Der alte Fritz wendete sein Pferd und kam zu ihnen geritten.

»Ho ... ho ...«, dröhnte er. »Ihr kleinen Grashüpfer habt euch wohl die Nase gestoßen!«

Als er sah, dass sie nicht verletzt waren und nur nasse Füße hatten, ritt er dem Ausreißer hinterher und fand ihn grasend im Schilf. Als Anna und Ingo angelaufen kamen, stand ihr Pferd friedlich am Seeufer und tat so, als wäre nichts geschehen.

»Nun habt ihr es hinter euch«, sagte Fritz. »Wer ein guter Reiter werden will, muss auch lernen, vom Pferd zu fallen.«

Sie wollten keinem von ihrem Sturz erzählen, auch Fritz versprach, den Mund zu halten. Aber als sie auf den Moorhof ritten, erwartete Tina sie schon vor der Tür.

»Kinder, Kinder, ihr habt ja schmutzige Schuhe und nasse Strümpfe!«, rief sie. »Seid ihr etwa in den Sumpf gefallen?«

Kartoffeln in die Erde

Die Wiesen blühten gelb und weiß, der Wald bekam grüne Blätter, der Moorhusener See war hinter dem vielen Grün nicht mehr zu erkennen.

»Es wird Zeit, Kartoffeln zu pflanzen«, sagte der alte Fritz. »Wenn ihr aus der Schule kommt, könnt ihr mir dabei helfen.«

Zwei volle Kartoffelsäcke trug er auf den Wagen und spannte die Pferde an. Dann klapperten sie los zu dem Feld, das Fritz umgepflügt hatte und auf dem die Kartoffeln wachsen sollten.

»Wir machen kleine Löcher in die Erde, und in jedes Loch werft ihr eine Kartoffel«, erklärte er.

Anstatt die Kartoffeln in die Erde zu werfen, hätte Ingo lieber Bratkartoffeln gegessen.

»Wer alle Kartoffeln aufisst, bekommt keine neuen«, sagte Fritz. »Aus jeder Kartoffel, die wir in die Erde pflanzen, entsteht eine Kartoffelstaude. Daran wachsen mindestens zehn neue Kartoffeln. Von denen kannst du neun aufessen, eine behältst du übrig und steckst sie im nächsten Frühling wieder in die Erde. So geht es immer weiter mit den Kartoffeln.«

Anna und Ingo trugen einen Korb voller Saatkartoffeln über das Feld, machten mit einem Stock Löcher in die Erde und legten in jedes Loch eine Kartoffel. Fritz pflügte die Löcher zu.

»Wenn sie gut wachsen, bekommst du im Herbst

einen Sack Kartoffeln als Lohn für deine Arbeit«, sagte er zu Ingo. »Davon kannst du Bratkartoffeln essen, so viel du willst.«

Auf dem Moorhof mussten sie ihre Hände an der Hofpumpe waschen, weil die vom Kartoffelpflanzen moorschwarz geworden waren.

»Der alte Fritz hat versprochen, mir im Herbst einen Sack Kartoffeln zu schenken, weil ich beim Pflanzen geholfen habe!«, sagte Ingo zu seiner Mutter.

»Wer weiß, was im Herbst sein wird.«

Frau Waschkun glaubte, der Bürgermeister werde eines Tages auf den Moorhof kommen und sagen: Die Flüchtlinge dürfen wieder nach Hause fahren. Ihre zerstörten Häuser sind aufgebaut, jeder darf leben, wo er gern möchte.

In den nächsten Wochen gingen Anna und Ingo oft zum Kartoffelacker, um zu sehen, was aus ihren Kartoffeln geworden war. Anfangs rührte sich nichts auf dem Feld, aber eines Tages schauten kleine grüne Pflanzen aus der Moorerde. Sie wuchsen rasch, reichten ihnen bald bis zu den Knien. Als die Kartoffeln gelbweiß blühten, sah der Acker aus wie ein großes Blumenfeld.

Mucki und Mecki

Sonntags ging der alte Fritz gern auf Wanderschaft, er besuchte eine Tante, die im Nachbardorf wohnte. Gleich nach dem Frühstück zog er seinen besten Anzug an, setzte einen Hut auf, nahm den Krückstock in die Hand und marschierte los, erst durch den Wald, dann am See vorbei und immer geradeaus. Am liebsten hätte er Rex mitgenommen, aber den gaben Anna und Ingo nicht her, weil sie am Sonntag auch spazieren gehen wollten.

Meistens kam Fritz in der Dunkelheit von der Wanderschaft zurück. Einmal war er schon nachmittags wieder da, und als er Anna und Ingo auf dem Hof spielen sah – sie brachten Rex bei, über eine Leine zu springen –, rief er ihnen zu, er hätte etwas für sie mitgebracht.

Man konnte schon sehen, dass sich die Taschen seiner schönen Sonntagsjacke beulten. Fritz hob die Taschenklappen und sagte: »Schaut mal rein.«

Da kauerte doch in jeder Tasche ein kleines Kaninchen. Das eine hatte ein weißes, das andere ein schwarzes Fell. Die beiden Kleinen waren etwas benommen von der langen Wanderung in der dunklen Jackentasche, sie legten ängstlich ihre Ohren an. Fritz holte das weiße Kaninchen aus der Tasche und legte es in Annas Hand, Ingo bekam das schwarze. Da lagen sie nun ängstlich und schnupperten an ihren Fingern.

»Wenn ihr sie gut füttert, werden sie bis Weihnachten dick und rund. Dann gibt es Kaninchenbraten.«

Anna konnte sich nicht vorstellen, diese niedlichen Tiere zu schlachten und als Braten auf den Tisch zu bringen, aber Ingo fand Kaninchenbraten besser als das ewige Einerlei der grünen Suppen.

Anna pustete in die weiche Wolle, Ingo zog seinem Kaninchen die schwarzen Ohren lang.

»Die schenke ich euch, weil heute Sonntag ist«, sagte Fritz.

Anna hätte ihr Kaninchen am liebsten mit in die Stube genommen. Sie dachte auch daran, es nachts in ihrem Bett schlafen zu lassen.

»Bloß das nicht«, meinte der alte Fritz. »Kaninchen sind Nagetiere, sie knabbern deine Bettdecke kurz und klein.«

»Kinder, Kinder, nun fängt die Kaninchenplage an!«, rief Tina, als sie mit den Kleinen in die Küche kamen. »Sie werden Junge kriegen, und die Jungen kriegen auch Junge, und bald gibt es so viele Kaninchen auf dem Moorhof wie Schwalben auf der Telefonleitung.«

Tina stellte sich schon vor, wie Scharen von Kaninchen über den Hof hoppelten, sie in der Dunkelheit über ein Kaninchen stolperte, sich ein Bein brach und der Milchwagen sie in die Stadt mitnehmen und im Krankenhaus abliefern musste.

»Können die Kaninchen in deiner Küche bleiben?«, fragte Anna.

»Ich habe schon genug Ärger mit Morle, die immer von unserem Käse nascht!«, rief Tina. »Die Kaninchen werden mir alle Mohrrüben auffressen, meine Strümpfe anknabbern, und wenn es ihnen Spaß macht, springen sie auch noch auf den Frühstückstisch.«

»Kaninchen gehören in einen Stall«, entschied der alte Fritz und machte sich gleich an die Arbeit. An der Rückwand der Scheune zimmerte er Bretter zusammen, setzte sie auf Pfähle und machte eine Tür davor. Das Ganze sah aus wie eine kleine Hundehütte. Als der Kaninchenstall fertig war, kam Annas Mutter, um sich das Bauwerk anzusehen.

»Der Moorhof kann Hühner, Gänse, Schweine, Pferde, Kühe, Katzen, Hunde, Störche und Schwalben ernähren«, sagte sie. »Er wird auch noch zwei Kaninchen ertragen.«

Auch Frau Waschkun schaute sich die neuen Bewohner des Moorhofs an.

»Bis die in die Bratpfanne passen, werdet ihr ordentlich füttern müssen«, sagte sie.

Ach ja, das Füttern.

»Jedes Kaninchen frisst am Tag einen Korb voll Gras«, erklärte der alte Fritz. »Bevor ihr in die Schule geht, müsst ihr den Kleinen Gras in den Stall geben. Wenn ihr aus der Schule kommt, erhalten sie die zweite Mahlzeit, und abends vor dem Schlafengehen werden sie noch einmal gefüttert.«

Anna und Ingo rannten gleich los, um Gras zu pflücken. Davon gab es genug. Neben den Feldwegen, in Tinas Garten und im Straßengraben wuchs Gras in Hülle und Fülle.

»Butterblumen mögen sie am liebsten!«, rief Fritz ihnen nach.

Während sie Futter holten, befestigte Fritz Maschendraht an der Stalltür. Dann holte er Stroh aus der

Scheune und streute es als weiche Unterlage in den Stall. Da hinein setzte er die Kaninchen, schloss die Tür und sah zu, wie sie sich im Stroh kuschelten und ihre Schnuppernasen an den Maschendraht drückten.

Als Anna und Ingo einen Korb voll Gras anschleppten, gab es ein Festessen. Die Kaninchen machten sich über die Butterblumen her, Anna und Ingo sahen ihnen zu.

»Ihr müsst sie noch taufen«, schlug Fritz vor.

Welche Namen gibt man kleinen Kaninchen? Anna wollte ihres Mucki nennen und Ingo seines Mecki.

Sie nahmen die beiden auf den Arm und trugen sie zur Hofpumpe. Fritz pumpte. Als das Wasser aus dem Rohr plätscherte, schöpfte er eine Hand voll und ließ es auf die Kaninchenköpfe tropfen. Die Kleinen zuckten zusammen, sie legten vor Schreck ihre langen Ohren an.

»Du heißt Mucki, du heißt Mecki!«, sagte Fritz.

Später vergaßen sie, ob das Weiße Mucki hieß oder das Schwarze. Den Kaninchen war es egal. Wenn sie sie riefen, kamen immer beide angehoppelt und schnupperten an der Drahttür.

Versteck im Kornfeld

Gleich hinter dem Moorhof begann der Acker, auf dem Fritz im Herbst Roggen gesät hatte. Im Frühling kamen kleine grüne Hälmchen aus der Erde, die aber rasch größer wuchsen. Bald waren sie höher als Rex, und im Sommer, als das Korn zu reifen begann, wurde aus dem Feld ein weites wogendes Meer.

»Wir suchen uns ein Versteck, in dem uns keiner findet«, sagte Ingo geheimnisvoll und nahm Anna und Rex mit zum Kornfeld.

»Darf man da reingehen?«, fragte Anna ängstlich.

Ingo wusste es nicht so genau, aber er dachte, wenn kein Schild steht: Betreten des Kornfeldes verboten!, dürften sie es wohl tun.

Er ging voraus, Anna und Rex folgten. Sie bogen die Halme zur Seite, es raschelte bei jedem Schritt, bald waren sie verschwunden. Mitten im Feld warf Ingo sich auf den Boden, rollte ein paarmal hin und her und knickte die Halme um.

»Das ist unsere Stube«, erklärte er. Rex wies er einen Platz an der Stubentür zu, Anna sollte am Fenster sitzen und hinausschauen, er selbst wollte in einem Bett im Kornfeld liegen und vor sich hin träumen.

Sie machten es sich auf den niedergetrampelten Halmen bequem, schauten zum Himmel, der das Einzige war, was sie aus ihrem Stubenfenster sehen konnten. Anna zählte die Wolken, die über das Kornfeld segelten.

Der Wind raschelte mit den Halmen, ein Schmetterling kam zu Besuch, und aus der Ferne hörten sie das Klappern der Fuhrwerke auf der Dorfstraße.

Nur Rex war es in dem Versteck nicht recht geheuer. Er winselte ängstlich und wäre wohl nach Hause gelaufen, hätte Anna ihn nicht an der Leine festgehalten.

Sie überlegten gerade, wie sie ein Dach über ihre Stube bauen könnten, damit sie bei Regenwetter nicht nass würden, als sie ein Geräusch hörten. Irgendetwas sprang aufgeregt durchs Kornfeld. Nun blieb es stehen. Sprang wieder. Kam näher. Rex spitzte die Ohren und fing an zu knurren.

Auf einmal stand es vor ihnen: ein Reh. Es blickte mit seinen kleinen runden Augen verwundert in ihre Stube. Rex bellte wütend und wollte sich auf das Reh stürzen, aber Anna hielt ihn zurück. Das Reh war genauso erschrocken wie sie und flüchtete mit großen Sprüngen aus dem Kornfeld. Rex konnte sich gar nicht beruhigen, er bellte hinterher, auch als das Reh schon längst am Waldrand verschwunden war.

Abends kam der alte Fritz grummelnd in die Küche.

»Stellt euch vor!«, schimpfte er. »Da sind welche in unserem Kornfeld gewesen und haben sich eine Höhle gebaut. Und ein Hund, ungefähr so groß wie Rex, muss auch dabei gewesen sein. Ich habe seine Spuren gesehen. Ho ... ho ..., wenn ich die Burschen erwische!«

Fritz ärgerte sich sehr über das, was in seinem Kornfeld geschehen war. Er wollte den dicken Maschke rufen und die Übeltäter verhaften lassen.

»Die haben bestimmt dreihundertsiebenundzwanzig Ähren runtergetrampelt. Wir werden weniger Korn ern-

ten, der Müller wird weniger Mehl mahlen, und Tina wird weniger Brot backen.«

Abends malte Fritz ein großes Schild:

Hier wächst Brot!
Betreten für Kinder und Hunde verboten!

Das stellte er am nächsten Morgen vor das Feld. Danach hat niemand mehr das Kornfeld betreten.

Ein Brief aus Russland

Ihre Schularbeiten erledigten Anna und Ingo meistens zusammen. Oft ging Anna hinauf in Ingos Stube, die ja eigentlich ihre Stube war. Dort schrieben oder rechneten sie auf der Fensterbank. Vorsagen war erlaubt, und abgucken auch. Manchmal träumten sie vor sich hin, schauten den Pferdewagen nach, die auf der Straße vorbeiklapperten, oder den Radfahrern, die gegen den Wind strampelten, oder dem dicken Polizisten Maschke, der in seiner schmucken Uniform umherstolzierte, als wäre er der König von Moorhusen. Manchmal kamen auch Autos ins Dorf. Wenn die durch die Pfützen fuhren, spritzte es gewaltig, und die kleinen Kinder rannten weg in die Häuser, weil sie sich fürchteten vor dem Autolärm. Aufregend war es auch, wenn eine Kuhherde durchs Dorf getrieben wurde. Das brüllte und muhte schon von weitem, die Treiber knallten mit den Peitschen, Hunde bellten, und Tina rannte zur Straße, um das Tor zu schließen, damit die Kühe nicht in ihren Garten liefen und den Salat auffraßen. Meistens aber geschah nichts auf der Straße. Dann zählten Anna und Ingo die Tauben, die auf dem Stalldach saßen und gurrten. Oder sie sahen den Störchen nach, die von ihrem Nest zu den Wiesen am See flogen.

Hatten sie keine Lust, sieben mal sieben auszurechnen, malten sie Mucki und Mecki ins Schulheft oder einen Storch, der auf einem Bein stand, oder Rex, wie er vor der Hundehütte Wache hielt und die Ohren spitzte. Frau Waschkun saß währenddessen still in der Stubenecke, stopfte oder nähte. Manchmal sang sie traurige Lieder.

An einem Regentag saßen sie wieder am Fenster und lösten Rechentürme. Auf der Straße geschah nichts, die Moorhusener gingen bei Regenwetter nur ungern hinaus, auch der dicke Maschke saß lieber am Ofen, als dass er seine schöne Uniform nassregnen ließ. Nur der Briefträger musste auch bei Regen die Post austragen. Er kam angeradelt und hielt, was er sonst nie tat, am Moorhof. Aus der Posttasche nahm er einen grauen Brief und marschierte damit auf die Haustür zu. Er war sehr in Eile, als hätte er eine wichtige Nachricht zu überbringen. Vor der Haustür hörten sie Stimmen. Der Briefträger schimpfte über das Regenwetter.

»Der Brief ist ja ganz nass!«, rief Tina.

Annas Mutter kam zur Treppe.

»Frau Waschkun, es ist Post gekommen!«, rief sie.

Ingos Mutter rannte die Treppe hinunter. Eine Weile war es unten still. Dann sprach Annas Mutter, und Tina lachte. Ingo sah seine Mutter auf der Treppe sitzen. Sie hielt einen Brief in der Hand und weinte.

»Dein Vater hat geschrieben«, flüsterte sie. Ingo nahm den Briefumschlag, auf dem sonderbare Buchstaben standen. In der obersten Ecke klebte eine Briefmarke, wie sie in Moorhusen noch niemand gesehen hatte. Im Umschlag lag ein grauer Zettel mit wenigen Zeilen.

»Er lebt in Russland«, erklärte Frau Waschkun. »Das Gefangenenlager liegt sehr weit entfernt. Wenn dort die

Sonne aufgeht, ist bei uns noch dunkle Nacht, und wenn wir zu Mittag essen, geht dein Vater schon schlafen.«

Anna packte ihre Hefte ein und schlich zur Tür. Im Weggehen hörte sie Ingo sagen: »Wenn Papa nach Hause kommt, werde ich den Schwarzen Peter und den Osterhasen aus dem Stall holen, dann reiten wir beide um den Moorhusener See.«

Unten traf Anna ihre Mutter, die mit Tina Wäsche zum Trocknen aufhängte.

»Haben wir auch einen Brief aus Russland bekommen?«

Annas Mutter schüttelte traurig den Kopf.

»Heute nicht, aber vielleicht morgen oder übermorgen, der Briefträger kommt ja jeden Tag. Irgendwann wird auch dein Vater schreiben.«

Der Suppenkasper

Die Suppen, die Frau Waschkun kochte, sahen braun, weiß, meistens aber grün aus. Manchmal waren sie durchsichtig wie klares Wasser.

»Für Suppen brauchen wir keine Lebensmittelmarken«, ermunterte sie Ingo, wenn er lustlos mit dem Löffel herumrührte.

Das meiste an den Suppen war reines Wasser. Davon gab es genug auf dem Moorhof, die Pumpe hatte noch nie ihren Dienst versagt. Wasser kostete kein Geld, um Wasser brauchte man nicht bei Krämer Lottermann anzustehen.

Damit ihre Suppen nicht zu wässerig wurden, schnitt Frau Waschkun immer ein paar Kartoffelstücke hinein, rührte Mehl ins Wasser oder gab allerlei Kräuter in den Kochtopf.

»Wenn das so weitergeht, werde ich ein richtiger Suppenkasper«, schimpfte Ingo. Ihm wäre ein Stück Braten mit brauner Soße und vielen Kartoffeln lieber gewesen.

»Ach, Braten«, seufzte Frau Waschkun. »Als wir noch zu Hause waren, gab es jeden Sonntag Braten. Vielleicht werden wir zum nächsten Weihnachtsfest wieder einen Braten essen.«

Jeden Morgen wanderte Frau Waschkun die Wege ab, pflückte hier ein paar Brennnesseln, dort gelbe Butterblumen oder Wegerichblätter. Für jeden Wochentag suchte sie eine besondere Suppe. Mit Brennnesselsuppe fing die Woche an. Am Dienstag kam Butterblumensuppe auf den Tisch, mittwochs Sauerampfersuppe, zum Donnerstag gab es Kartoffelsuppe, freitags Rübensuppe und am Samstag eine Suppe aus allem, was in Feld und Flur wuchs. Der Sonntag war ein besonderer Tag, da kochte Frau Waschkun Milchsuppe und süßte sie mit braunem Zucker. Dann war die Woche um, und es fing wieder von vorn an mit den Suppen.

Anfangs kochte sie die Suppe in Tinas Bauernküche.

»Kinder, Kinder«, klagte Tina. »Was diese Flüchtlinge bloß alles in den Kochtopf stecken!«

Tina wunderte sich sehr, und zwar nicht nur über die Suppen. Wie sonderbar die Flüchtlinge sprachen. Wenn die Frau Waschkun Quark haben wollte, sagte sie Glumse, die Steckrüben, die die Kühe fraßen, nannte sie Wruken, und wenn es morgens Zeit wurde, zur Schule zu gehen, rief sie: »Es ist schon drei viertel acht.« Aber Tinas Küchenuhr zeigte erst Viertel vor acht.

Beim Aufräumen in der Rumpelkammer fand Annas Mutter einen alten Herd, der dort, wie Fritz immer sagte, seit Kaisers Zeiten herumstand. Den schenkte sie der Frau Waschkun. Alle packten mit an, um das schwarze Ungetüm die Treppe hinaufzuschleppen. Sie stellten es oben in die Stubenecke, steckten ein Ofenrohr durchs Fenster, und als der erste Rauch aus dem Rohr quoll, übers Hausdach schwebte, fast das Storchennest verdunkelte, wusste jeder: Frau Waschkun kochte wieder Suppe.

Einmal durfte Anna dabei zusehen. Mit einer Schere schnipselte Frau Waschkun die Brennnesseln klein, warf das grüne Zeug in kochendes Wasser und rührte, bis die Suppe grün war. Dann krümelte sie etwas Salz hinein, und schon war die Suppe fertig. Sollte es eine gelbe Suppe werden, rührte sie ein paar Blütenköpfe von Butterblumen hinein. Am besten schmeckte übrigens Sauerampfersuppe.

Anna wusste gar nicht, dass die Sauerampferblätter, die in Hülle und Fülle auf den Wiesen wuchsen, essbar waren. Erst Ingo musste ihr die Sauerampferstellen zeigen. Sie pflückten einen Strauß Sauerampferblätter, brachten ihn zum Hof, setzten sich zu Rex vor die Hundehütte und aßen Blatt für Blatt auf. Auch Rex boten sie Sauerampferblätter an, aber der schüttelte ganz furchtbar den Kopf. Bestimmt waren sie ihm zu sauer.

»Sauer macht lustig«, behauptete Frau Waschkun.

»Die Flüchtlinge essen mehr grünes Zeug als die Ziegen«, meinte Tina. »Nur das Meckern müssen sie noch lernen.«

Eines Tages, als Frau Waschkun wieder Suppe kochte, schlich Anna in Tinas Speisekammer. Sie schnitt ein Stückchen Speck ab, trug es die Treppe hinauf, und als Frau Waschkun gerade mal nicht hinschaute, warf sie den Speck heimlich in die Suppe.

»Wie kommt es nur, dass wir heute so viele Fettaugen auf der Suppe haben?«, wunderte sich Ingos Mutter.

Ingo behauptete, so gut hätte die Suppe noch nie geschmeckt.

Die Küken und der Habicht

Tina hatte schon wieder Ärger mit den Hühnern.

»Früher legten sie zehn Eier pro Tag, jetzt finde ich höchstens fünf in den Nestern. Bald kann ich keinen Kuchen mehr backen.«

»Die wollen dich nur ärgern«, meinte der alte Fritz. »Sie verlegen die Eier im Garten, damit du sie nicht findest.«

»Und Eierdiebe gibt es auch«, behauptete Tina.

Sie sah Ingo streng an, weil sie ihn im Verdacht hatte, die Eier auszutrinken.

Fritz dachte an vierbeinige Räuber, die auch Eier mögen, zum Beispiel Füchse.

»Aber ein Fuchs begnügt sich nicht mit den Eiern, der nimmt das ganze Huhn mit«, sagte er.

Ja, ein Huhn war Tina auch abhanden gekommen.

»Vielleicht ist das Huhn eine Glucke geworden«, sagte sie.

»Was ist eine Glucke?«, fragten Anna und Ingo.

»Manchmal sind es die Hühner leid, immer nur Eier für die Menschen zu legen. Sie bauen sich heimlich ein Nest, legen dort ihre Eier und sitzen so lange auf dem Nest, bis die Eier ausgebrütet sind und aus ihnen kleine Küken schlüpfen.«

Tina schickte Anna und Ingo los, sie sollten den Moorhof absuchen, um die Glucke und ihr Nest zu finden.

Als Erstes suchten sie im Gemüsegarten, schauten hinter Büsche und Hecken. Von dort ging es zum Obstgarten.

»Wenn ich ein Huhn wäre, würde ich mir im weichen Gras hinter einem Apfelbaum ein Nest bauen«, sagte Anna.

»Du bist aber kein Huhn, du kannst nicht mal gackern«, antwortete Ingo.

Sie suchten im Stall und dann in der Scheune. In jeder Ecke, in der Stroh herumlag, konnte ein Nest mit Eiern sein.

»Wenn die Hühner reden könnten, würden sie uns das Versteck verraten«, meinte Anna, als sie mit Tina die Leiter zum Heuboden hinaufstieg.

»Wie soll ein Huhn auf den Heuboden kommen?«, fragte Ingo. »Es hat Flügel wie andere Vögel auch, aber es ist viel zu fett, um da hinaufzufliegen.«

Ingo blieb auf der untersten Leitersprosse sitzen, während Tina und Anna den dunklen Heuboden absuchten. Eine Taschenlampe hatten sie nicht mitgenommen, und Kerzen darf man auf einem Heuboden niemals anzünden, weil davon der ganze Hof abbrennen könnte. Vorsichtig tasteten sie sich von Balken zu Balken, bis sie ein Geräusch hörten. Tuck …, tuck …, tuck machte es. Da saß doch wirklich das braune Huhn auf einem Nest! Als sie näher kamen, flatterte es auf, rannte gackernd zur Luke und flog, ja, es flog wie der Storchenvater vom Scheunendach mit ausgebreiteten Flügeln die Leiter hinunter, dicht über Ingos Kopf hinaus auf den Hof. Dort landete es neben der Pumpe und lief gackernd umher.

Anna und Tina sahen sich die Stelle an, wo das Huhn

gesessen hatte, und fanden ein Nest mit Eiern, die ganz warm waren.

Ingo kam nun auch auf den Heuboden.

»Fast wäre das dumme Huhn auf meinem Kopf gelandet«, schimpfte er.

Sie zählten zwölf Eier.

»Das reicht für eine Pfanne Rührei mit Bratkartoffeln«, freute sich Ingo.

»Diese Eier kann niemand essen, sie sind nämlich schon angebrütet«, sagte Tina. »Wenn wir noch ein paar Tage warten, schlüpfen aus den Eiern kleine Küken.«

Na, das war eine Aufregung! Anna und Ingo kletterten jeden Tag zweimal auf den Heuboden, um zu sehen, ob die Hühnerküken schon da waren. Eines Morgens war es so weit. Das eine Ei bewegte sich. Sie hörten, wie etwas von innen gegen die Schale pickte. Plötzlich brach das Ei, ein gelber Kükenschnabel schaute raus und pickte immer weiter, bis das Ei ganz zerbrochen war. Da lag das Küken nass und müde auf den Eierschalen, es schaute Anna und Ingo an. Bald brachen auch die anderen Eier auf, und am nächsten Morgen krabbelten schon zwölf kleine Küken im Nest herum. Lange hielten sie es darin nicht aus. Als ihre Flaumhaare getrocknet waren, kletterten sie über den Nestrand und schauten sich die Welt auf dem Heuboden an. Manchmal wanderte die Hühnermutter glucksend umher, und die ganze Kükenschar folgte ihr.

»Stell dir vor, die Hühnermutter hüpft die Leiter runter, ihre Küken laufen hinterher und brechen sich den Hals«, sagte Anna.

Sie rannten zu Tina und sagten ihr, dass die Küken

vom Heuboden herunter müssten, bevor es ein Unglück gebe.

Tina band die größte Schürze um, die sie besaß. Zusammen mit Anna und Ingo stieg sie zum Heuboden hinauf, kniete neben dem Nest, sammelte die zwölf Küken in ihre Schürze und trug sie die Leiter hinunter. Die Kükenmutter kam aufgeregt hinterhergelaufen. Unten bauten sie den Küken ein neues Nest im weichen Stroh der Scheune. Da hinein legte Tina die Kleinen, die Hühnermutter setzte sich gleich drauf, um sie zu wärmen.

Von nun an zog die Kükenschar Tag für Tag über den Hof. Die Kleinen pickten hier nach Körnern, dort nach einem Käfer. Wenn die Hühnermutter sie rief, kamen sie angelaufen und verkrochen sich unter ihren Flügeln.

»Das ist eine gefährliche Zeit für kleine Küken«, sagte der alte Fritz. »Sie können in ein Wasserloch fallen und ertrinken oder im Maschendraht des Gartenzauns hängen bleiben oder unter Wagenräder geraten. Aber die größte Gefahr kommt von oben. Der Habicht, der sein Nest in der hohen Eiche am Waldrand hat, holt sich gern kleine Küken. Wenn er sie auf dem Hof herumlaufen sieht, saust er im Sturzflug zur Erde, greift ein Küken und trägt es zu seinem Nest, um es seelenruhig aufzuessen.«

Anna und Ingo nahmen sich vor, die kleinen Küken zu bewachen. Mit einem Stock wollte Ingo den Habicht in die Flucht schlagen, wenn er auf den Moorhof käme. Auch redeten sie Rex gut zu, er sollte laut bellen, um den Habicht zu vertreiben. Aber der Habicht kam nicht. Die Küken wuchsen heran, bald waren sie Hühner und kleine Hähne, die das Krähen übten. Auch hüpften sie die Leiter hinauf zum Heuboden, um die Stelle zu besuchen, an der sie geboren worden waren.

Hundepaddeln

An heißen Sommertagen fiel die Schule nicht aus, das Wort hitzefrei war in Moorhusen unbekannt. Immerhin gab Lehrer Dusek keine Schularbeiten auf.

Aber um zwölf Uhr sagte er: »Bei der Hitze könnt ihr nichts lernen, da trocknet euer Gehirn aus«, und schickte sie nach Hause.

»Bleibt nicht zu lange im See!«, rief er ihnen nach. »Baden macht hungrig. Wer nichts zu essen hat, sollte nicht ins Wasser gehen.«

Nachdem Dusek sie entlassen hatte, zog er seine Jacke aus und legte sich im Schulgarten unter einen Lindenbaum, um Bücher vom Nordpol und von Eisbergen zu lesen.

Nach dem Mittagessen trafen sich die Kinder hinter der Kirche, um gemeinsam zum Moorhusener See zu wandern. Die meisten liefen barfuß, hatten schon ihre Badehosen angezogen und konnten es nicht abwarten, ins Wasser zu springen. Als sie den blauen See zwischen den Baumstämmen schimmern sahen, fingen sie an zu schreien und rannten, so schnell sie konnten, zum Wasser. Am See gab es eine richtige Badestelle. Die hatte einen Holzsteg, der weit ins Wasser führte. Den Steg entlanglaufen und am Ende ins Wasser springen war der schönste Spaß. Das durften aber nur die Kinder, die richtig schwimmen konnten. Die anderen planschten vorn im flachen Wasser. So jedenfalls befahl es das

Schild, das der Bürgermeister an einen Baum hatte nageln lassen, damit niemand im Moorhusener See ertrank.

Anna konnte schwimmen. Sie lief gleich los und sprang kopfüber in den See. Dann winkte sie Ingo zu, ihr nachzukommen, der traute sich aber nicht.

»Kannst du etwa nicht schwimmen?«

»Na klar kann ich schwimmen«, antwortete er. Er gab sich einen Ruck, rannte auf dem Holzsteg entlang und plumpste am Ende wie ein Stein ins Wasser. Prustend tauchte er auf, versuchte zu schwimmen, aber was war das für eine lustige Schwimmerei? Er machte keine Ruderbewegungen mit den Armen, sondern schlug nur mit den Händen ins Wasser, wie das Rex mit seinen Vorderpfoten machte, wenn er sich mal in den See traute.

»Das ist ja Hundepaddeln!«, riefen die Kinder.

»Soll ich dir richtiges Schwimmen beibringen?«, fragte Anna, als Ingo wieder festen Boden unter den Füßen hatte.

»Mir genügt Hundepaddeln«, antwortete er ärgerlich.

Als sie ein Wettschwimmen vom Steg zur Schilfinsel veranstalteten und Ingo mit seinem Hundepaddeln als Letzter ankam, war er richtig wütend. Erschöpft lag er im Gras und sprach kein Wort.

Bevor die Sonne unterging, wanderten sie nach Hause. Ingo hatte eine Gänsehaut und zitterte. Er spürte furchtbaren Hunger. Unterwegs lief er sogar auf die Wiese, pflückte Sauerampfer und steckte die Blätter in den Mund.

»Ich geh noch ein bisschen spazieren«, sagte er abends.

Mit Rex an der Leine wanderte er in den Wald. Als die

beiden im Dunkeln heimkehrten, war Rex nass, Ingo zitterte wieder und spürte noch größeren Hunger.

Morgens in der Schulbank stieß er Anna an.

»Ich kann auch richtig schwimmen«, flüsterte er. »Nur unser Rex, der versteht weiter nichts als Hundepaddeln.«

Zu den Schwänen

»Wollen wir die Schwäne auf dem Moorhusener See besuchen?«, fragte Ingo.

Anna hielt die Schwäne für die allergrößten Vögel, größer als Gänse, Enten und die Störche auf dem Dach. Schwäne konnten böse zischeln, ihr Gefieder aufplustern und mit den Flügeln so heftig um sich schlagen, dass das Wasser aufspritzte.

»Vor Schwänen habe ich Angst«, sagte sie.

Ingo lachte sie aus. Er fand Schwäne so friedlich wie Tinas Hühner.

Während die anderen Kinder am Badestrand spielten, gingen Anna und Ingo jenen Pfad entlang, den sie damals mit dem Osterhasen geritten waren. Um sie herum raschelte das Schilf, Enten schnatterten, und von weit her rief ein Kuckuck.

»Wir müssen still sein, sonst fliegen sie weg«, flüsterte Ingo.

Am Schilfrand entdeckten sie zwei weiße Punkte, die sich bewegten.

»Das sind sie«, sagte Ingo.

Die Schwäne steckten ihre Köpfe ins Wasser, sie suchten Kraut und Schlingpflanzen, die ihnen besonders gut schmeckten.

»Wie kommt es, dass sie so weiß sind?«, fragte Anna.

»Sie waschen sich jeden Tag, sie sind immer im Wasser«, meinte Ingo.

Auf einer kleinen Insel am Schilfrand hatten die Schwäne ihr Nest gebaut. Das war ein grauer Haufen aus Schilfrohr und Zweigen, viel größer als das Storchennest auf dem Dach. Ingo wollte sich unbedingt so ein Schwanennest aus der Nähe ansehen. Er watete vorsichtig durchs Wasser, versank bis zum Bauch, musste sogar ein bisschen schwimmen, bis er die Insel mit dem Schwanennest erreichte.

»Das Nest ist so groß, da können wir beide bequem drin sitzen!«, rief er Anna zu, die am Ufer geblieben war. »Und vier große Eier liegen drin.«

»Du darfst sie nicht anfassen!«, schrie Anna.

Plötzlich hörten sie ein lautes Summen in der Luft. Die Schwäne hatten bemerkt, dass sich jemand an ihrem Nest zu schaffen machte. Nun kamen sie angeflogen, um den Störenfried zu vertreiben. Es hörte sich furchtbar an, wie sie zischend im Wasser niedergingen. Sie plusterten das Gefieder, breiteten ihre Flügel aus, als wollten sie damit um sich schlagen. Ingo bekam es mit der Angst, er sprang von der Insel, tauchte unter, damit die Schwäne ihn nicht sehen konnten, rannte durchs Schilf, und die Schwäne zischelnd und flügelschlagend hinterher. Völlig aus der Puste warf er sich neben Anna, die sich hinter einem Weidenbusch versteckt hatte.

»Von wegen, Schwäne sind so friedlich wie Tinas Hühner«, sagte Anna. »Sie verteidigen ihr Nest und wehren sich, wenn einer ihnen die Eier stehlen will. Ich finde, das ist auch richtig so.«

Als sie nichts mehr von den Schwänen hörten, schlichen sie leise davon. Aus der Ferne sahen sie, wie die Schwanenmutter sich aufs Nest setzte und der Schwanenvater immer noch böse und aufgeplustert herumschwamm.

An der Badestelle fragten die anderen Kinder, wo sie gewesen wären.

»Ach, wir sind nur ein bisschen spazieren gegangen«, sagte Ingo. Er mochte nicht zugeben, dass er vor den Schwänen weggelaufen war.

Später sahen sie die Schwäne noch häufiger auf dem See. Zwischen Schwanenvater und Schwanenmutter schwammen vier kleine Wollknäuel, nämlich die Jungen, die aus den großen Schwaneneiern geschlüpft waren.

»Wie kommt es, dass die schneeweißen Schwäne so hässliche graue Kinder haben?«, fragten sie den alten Fritz.

»Wartet nur ab, im Herbst bekommen auch die Kleinen ein weißes Gefieder«, antwortete der.

Und was machen die Schwäne im Winter, wenn Eis und Schnee den See bedecken und sie kein Futter im Wasser finden können? Kaum legt sich die erste Eisschicht auf das Wasser, erheben sich die Schwäne, fliegen eine Runde um den See, umkreisen zur Verabschiedung den Kirchturm und die Mühle, um zu wärmeren Gegenden zu reisen, wo das Wasser niemals zufriert. Aber im Frühling kommen sie wieder, bauen ein neues Nest und jagen alle frechen Jungs in die Flucht, die sie auf ihrer Insel stören wollen.

Auf dem Heufuder

»Heute beginnt die Heuernte«, sagte der alte Fritz am frühen Morgen. »Also trödelt nach der Schule nicht so viel herum, bei der Heuernte müssen alle helfen, auch die Kinder.«

»Und was wird aus unseren Schularbeiten?«, fragte Anna.

»Dusek weiß, dass heute die Heuernte anfängt. Der gibt keine Schularbeiten auf«, antwortete Fritz.

Er hatte in den letzten Tagen das Gras auf der Wiese am Moor gemäht. Die Sonne hatte es getrocknet, Tina und Frau Waschkun hatten es zu Haufen zusammengeharkt. Nun musste das trockene Heu auf den Stallboden gefahren werden, damit Kühe und Pferde im Winter Futter hatten.

Gleich nach dem Mittagessen ging es los. Fritz spannte den Schwarzen Peter und den Osterhasen vor den Leiterwagen. Annas Mutter, Tina, Frau Waschkun, Ingo und Anna stiegen auf, Fritz knallte mit der Peitsche, und schon fuhren sie zur Heuwiese. Die Frauen sahen putzig aus. Sie hatten weiße Tücher um den Kopf gewickelt und graue Schürzen um den Leib gebunden. Annas Mutter trug sogar mitten im heißen Sommer Handschuhe.

»Im Heu gibt es viele Disteln, die furchtbar piksen«, sagte sie. »Deshalb trage ich lieber Handschuhe.«

Auf der Wiese angekommen, verteilte Fritz die Arbeit. Annas Mutter sollte auf dem Wagen bleiben und das Heu so packen, dass es eine große Fuhre wurde. Tina und Fritz nahmen Forken, mit denen sie das Heu auf den Wagen warfen. Frau Waschkun bekam eine Harke, mit der sie die Heureste hinter dem Wagen zusammenkehren sollte, damit nichts verloren ging.

»Und was sollen wir tun?«, fragte Anna.

»Ihr setzt euch jeder auf ein Pferd«, erklärte Fritz. »Wenn ich ›weiter‹ rufe, fahrt ihr zum nächsten Heuhaufen. Dort bleibt ihr stehen, bis wir das Heu aufgeladen haben. So geht es über die ganze Wiese, bis das Fuder voll ist.«

Das war eine angenehme Arbeit, nur auf dem Pferd sitzen und von Haufen zu Haufen fahren. Anna flocht ihrem Osterhasen Zöpfe in die Mähne, Ingo machte sich auf dem Hals des Schwarzen Peter so lang, dass er die Ohren erreichen und ihm etwas zuflüstern konnte. Hinter ihnen wuchs die Heufuhre zum Himmel. Von Annas Mutter, die das Heu packte, sahen sie nur noch das weiße Kopftuch.

»Das Fuder ist voll!«, schrie Fritz. Er schob einen langen Baumstamm auf den Wagen, band ihn mit Stricken an beiden Seiten fest, damit das Heu während der Fahrt durchs Dorf nicht runterrutschen konnte.

»Wer mitfahren will, muss aufs Fuder klettern«, erklärte er.

Ingo hangelte sich an den Stricken nach oben, bei Anna half der alte Fritz etwas mit der Harke nach. Sie saßen im Heu wie die Störche im Nest und schauten sich die Welt von oben an. Fritz führte die Pferde, die drei Frauen gingen hinter der Fuhre. Von oben konnten Anna und Ingo bis zum See und zur Windmühle

schauen. Fast kam es ihnen so vor, als wären sie höher als der Kirchturm. Als der Wagen unter den Lindenbäumen der Dorfstraße fuhr, griffen sie nach den herunterhängenden Ästen und pflückten Lindenblüten.

Vor dem Stall hielt der Heuwagen. Fritz stakte das Heu durch die Luke auf den Stallboden, die Frauen nahmen es ihm ab und packten es zu hohen Bergen. War die Fuhre leer, fuhren sie wieder zur Wiese und danach noch einmal, bis die Sonne unterging und alle Heuhaufen eingefahren waren.

»Heu kann man nicht genug haben«, sagte der alte Fritz. »Ohne Heu müssten unsere Kühe im Winter vor Hunger sterben, auch Mucki und Mecki brauchen jeden Tag eine Hand voll Heu.«

Nachdem sie sich unter der Hofpumpe gewaschen hatten, rief Annas Mutter alle, die bei der Heuernte geholfen hatten, in die Küche.

»Wer arbeitet, soll auch essen«, sagte sie. Ingo bekam eine Scheibe Schwarzbrot, so groß wie ein Suppenteller. Die war mit Butter bestrichen und mit drei Ringeln Mettwurst belegt. Zum Trinken brachte Tina eine Kanne Buttermilch.

Rot und schwarz

»Wer im Sommer nicht erntet, bekommt im Winter nichts zu essen«, sagte Frau Waschkun, wenn sie Ingo zum Beerensammeln in den Wald schickte. »Es wachsen viele Beeren, aus denen wir Marmelade kochen und Saft pressen können, du musst nur die Augen aufsperren.«

Mit einer Kanne in der Hand lief Ingo die Feldwege ab, streifte durch den Wald, zum Bahndamm oder um den See. Er langweilte sich furchtbar und hätte es gern gesehen, wenn Anna mitgekommen wäre. Anna brauchte keine Beeren zu sammeln, denn in Tinas Garten wuchsen genug Erdbeeren, Johannisbeeren und Stachelbeeren. Aber weil sie sich auch langweilte, wenn Ingo nicht da war, ging sie mit ihm auf Beerensuche.

Im Juni reiften schon die wilden Erdbeeren, die hellrot aussahen, aber sehr klein waren, sodass sie nie und nimmer eine Kanne voll sammeln konnten. Sie fanden sie im hohen Gras am Bahndamm. Die ersten sammelten sie in den Mund, bis Anna auf die Idee kam, die Beeren auf einen langen Grashalm zu ziehen. Als der Halm voll war, sah er aus wie eine Kette mit roten Perlen.

Mitten im Beerensammeln kam ein Zug vorbei. Sie hörten das Schnauben und Stöhnen der Lokomotive aus der Ferne. Der Lokomotivführer winkte ihnen zu. Hinter ihm stand der Heizer, der Kohlen in den Feuerkessel der Lokomotive schaufelte. Er sah schwarz aus wie ein

Schornsteinfeger. Dicker Rauch umhüllte sie, Anna und Ingo mussten husten, ihre Kleider rochen nach Rauch, sogar die roten Erdbeeren schmeckten rauchig.

Der Zug, der sie so in Rauch gehüllt hatte, war ein Güterzug und voll beladen mit Kohle. Als er in eine Kurve fuhr, um dem Moorhusener See auszuweichen, fielen einige Kohlenstücke runter und blieben am Bahndamm liegen.

»Kohlen brauchen wir im Winter noch dringender als Erdbeermarmelade«, sagte Ingo. Er drückte Anna die Kanne in die Hand und lief den Bahndamm ab, um Kohlenstücke aufzusammeln. Die steckte er in seine Hosentaschen. Als die voll waren, zog er sein Hemd aus und wickelte die Stücke ein. Das Hemd wurde pechschwarz, und er selbst bekam auch schwarze Hände.

»Kohlen sind gar nicht schmutzig«, behauptete er. »Sie sehen nur schwarz aus. Es gibt viele Dinge, die schwarz aussehen und nicht schmutzig sind.«

Brombeeren zählte er auf, schwarze Johannisbeeren, schwarze Pferde, Raben und schwarze Kaninchen.

»Die Neger sind auch schwarz«, sagte Anna. »Die werden schwarz geboren und können sich waschen, so viel sie wollen, sie bleiben immer schwarz.«

Beladen mit Kohlenstücken, Anna mit einer Kette aus roten Erdbeeren um den Hals, so kamen sie zu Hause an.

»Bist du ins Moor gefallen?«, fragte Tina, als sie den schwarzen Ingo sah.

Der trug die Kohlenstücke hinauf in die Stube und verwahrte sie unter seinem Bett für den Winter.

»So schwarz darf kein Mensch schlafen gehen«, sagte Frau Waschkun.

Ingo musste sich nackt unter die Hofpumpe stellen. Seine Mutter rieb ihn mit Schmierseife ein, pumpte Wasser über seinen Kopf und rubbelte so lange, bis die schwarze Kohlenfarbe verschwunden war.

Tina hatte Annas Erdbeeren vom Grashalm gezogen und in ein Schälchen geschüttet. Damit es für beide reichte, gab sie noch ein paar große Erdbeeren aus ihrem Garten dazu. Sie streute Zucker drauf, goss etwas Milch ins Schälchen, und fertig war der schönste Nachtisch.

Schöne Aussicht

Der Stallboden mit dem frisch geernteten Heu war ein großartiges Versteck. Anna und Ingo setzten sich oft in die Luke, ließen die Beine baumeln und besichtigten Moorhusen von oben. Sie zählten Dächer und Schornsteine, die Fuhrwerke auf der Dorfstraße, die Radfahrer und Spaziergänger. Manchmal kam Morle sie besuchen, weil sie dachte, sie könnte dort oben Mäuse fangen. Es sprangen ihnen auch Grashüpfer in den Schoß, die eigentlich auf der Wiese zu Hause waren, die es aber mit der Heufuhre auf den Stallboden verschlagen hatte. Dort machten sie große Sprünge, flogen mit einem Satz aus der Luke und machten sich, wenn sie sich beim Sturz in die Tiefe nicht den Hals brachen, auf den Weg zu ihrer Wiese.

Über ihnen war das Storchennest. Sie konnten es von der Luke aus nicht sehen, hörten aber das Geklapper der Storcheneltern und das Piepsen der Jungen, wenn es Futter gab. Ingo kletterte auf einen Balken, um nahe an das Nest zu kommen und zu sehen, was bei den Störchen los war. Aber daraus wurde nichts. Er rutschte vom Balken und fiel ins Heu. Das sah schlimm aus, aber Ingo lachte nur.

»Es tut überhaupt nicht weh!«

Nun kletterte auch Anna auf den Balken und sprang ins weiche Heu. Das machten sie immer wieder, sie nannten es Heuhüpfen.

Besonders gemütlich war es in ihrem Heubodenversteck, wenn es draußen regnete. Sie saßen im Trocknen, hörten die Regentropfen aufs Dach prasseln und sahen, wie die Hühner in ihren Stall rannten, weil sie Regenwetter nicht mochten. Auch Rex verzog sich bei Regen lieber in seine Hundehütte.

Wenn ein Gewitter aufzog, wurde es gruselig im Heu. Sie sahen Blitze über dem Moor zucken, der Donner grollte so laut, als wenn Fritz mit dem Bollerwagen über das Dach fuhr.

»Wenn es jetzt einschlägt, fängt das Heu an zu brennen, und das Storchennest mit den jungen Störchen verbrennt auch«, sagte Anna.

Zog das Gewitter ab, bewunderten sie den Regenbogen, der eine Brücke vom Moorhusener See bis zur Windmühle baute.

Einmal, als sie in der Luke saßen und es zu regnen begann, kam Tina aufgeregt auf den Hof gelaufen.

»Kinder, Kinder, nun wird die Wäsche wieder nass!«, rief sie, raffte alle Stücke zusammen, die auf der Wäscheleine hingen, und rannte damit ins Haus. Ingo lachte laut, weil es komisch aussah, wie Tina mit der Wäsche lief und unterwegs ein Handtuch verlor. Als Tina das Lachen hörte, drehte sie sich um und sah Anna und Ingo in der Luke sitzen.

»Um Gottes willen!«, rief sie und ließ vor Schreck noch ein Handtuch fallen. »Ihr werdet runterpurzeln und euch den Hals brechen! Oder der Blitz wird euch treffen, und dann seht ihr aus wie verkohlte Pellkartoffeln.«

Abends nahm Annas Mutter die beiden beiseite.

»Ihr dürft ruhig auf dem Heuboden spielen«, sagte

sie. »Aber versprecht mir, nicht mehr in der Luke zu sitzen und die Beine runterbaumeln zu lassen. Das ist nämlich lebensgefährlich.«

Die wilden Bienen

Mit den Beeren hörte es im Sommer nicht mehr auf. Nach den wilden Erdbeeren reiften die Himbeeren. Ingo schwärmte von Himbeersaft. An seinem Geburtstag wollte er eine ganze Kanne davon austrinken, dazu Grießpudding mit Himbeersoße essen, vielleicht auch eine Himbeertorte, aber ganz bestimmt Himbeermarmelade.

»Igitt!«, rief Tina. »In den Himbeeren sind doch Würmer.«

»Was du nur hast, Tina. In allem, was wir essen, sind Würmer«, sagte Ingo. »Manchmal sind sie so klein, dass kein Mensch sie sehen kann. Wenn wir zu meinem Geburtstag Himbeersaft trinken, merkt keiner, ob in den Himbeeren einmal Würmer gewesen sind oder nicht.«

Anna hatte die Würmergeschichte den Appetit verdorben. Sie steckte keine Himbeeren mehr in den Mund, sondern pflückte nur noch in die Kanne, damit Ingo zum Geburtstag seinen Himbeersaft bekam.

Es waren aber nicht die Würmer, die sie ärgerten, sondern die wilden Bienen. Die hatten am Waldrand ihr Nest gebaut, gerade unter den Sträuchern mit den dicksten Himbeeren. Als Anna und Ingo anfingen, Himbeeren zu pflücken, fühlten sich die Bienen gestört, eine setzte sich in Annas Haar, eine andere summte um Ingos Nase. Anna spürte ein Krabbeln an ihrem linken Ohrläppchen, plötzlich einen Stich.

»Au!«, schrie sie laut und ließ die Kanne fallen.

Ingo griff ihre Hand und rannte mit Anna davon. Die Bienen kamen hinterher, flogen schneller, als sie laufen konnten, und summten böse. Erst als sie tief im Wald waren, kehrten die Bienen um und flogen zu ihrem Nest und den schönen, dicken Himbeeren zurück.

»Das hast du von deinem Himbeersaft«, schimpfte Anna und kratzte an ihrem Ohrläppchen.

Ingo schaute sich die Stelle an. Das Ohrläppchen war gerötet und angeschwollen.

»Bienengift ist gesund, hat meine Oma immer gesagt, daran stirbt keiner. Aber vielleicht bekommst du drei Tage lang ein Ohr dick wie eine Kartoffel.«

Anna sah sich schon mit einer Kartoffel am Ohr in die

Schule gehen oder mit einem Verband um den Kopf, als hätte sie schlimme Zahnschmerzen.

»Der Stachel ist noch drin«, stellte Ingo fest. Er pulte an Annas Ohrläppchen, kratzte so lange mit dem Fingernagel, bis der Stachel rauskam. Dann nahm er das Ohrläppchen in den Mund und lutschte daran.

»Was soll das!«, rief Anna.

»Wenn man das Bienengift schnell aus der Wunde saugt, bekommst du keine dicke Kartoffel am Ohr.«

Und wirklich, Annas Ohrläppchen schwoll nicht an. Die Stelle, an der die Biene gestochen hatte, juckte noch ein paar Tage, danach war alles gut.

Sie pflückten woanders Himbeeren, damit es zu Ingos Geburtstag Himbeersaft gab. Annas Kanne blieb im Gebüsch liegen, denn zu den wilden Bienen wagten sie sich nicht mehr. Da liegt sie heute noch.

Wer macht den Honig?

Bevor die Sommerferien begannen, hielt Dusek eine Schulstunde in seinem Garten ab. Die Kinder sollten dort nicht herumhüpfen oder spielen, Dusek erklärte ihnen, was in seinem Garten wuchs und blühte, zeigte die verschiedenen Apfel- und Birnensorten, die Stachelbeer- und Johannisbeersträucher und natürlich auch die Himbeeren. Er fragte nach den Namen der Blumen, jedes Kind musste seine Nase über gelbe Lilien, rosa Nelken, rote Dahlien und weißblühende Rosen halten, um den Duft der Blumen zu spüren.

»Blumen kann man nicht nur an der Farbe erkennen, sondern auch an ihrem Duft«, sagte Dusek.

Bei den Blumen trafen sie auch die Bienen. Die flogen von einer Blüte zur anderen, steckten die Köpfe hinein, krabbelten nach einer Weile heraus, um zur nächsten Blume zu fliegen.

»Das sind meine liebsten Tiere«, sagte Dusek. »Sie holen Nektar aus den Blüten, und aus dem Nektar machen die Bienen Honig. Außerdem bestäuben sie die Blumen. Sie berühren das Innere der Blüten mit ihren Flügeln und tragen den Blütenstaub zur nächsten Blume. Dadurch wird die Blüte befruchtet. Ohne Bienen gäbe es keine Äpfel, keine Birnen und keine Kirschen. Stellt euch das mal vor: Die Obstbäume sind voller Blüten, die Gärten voller Blumen, aber es gibt keine einzige Frucht!«

In der hintersten Ecke des Schulgartens wohnten Duseks Bienen. Er hatte ihnen fünf kleine Häuschen gebaut, Dusek nannte sie Bienenkörbe. Von dort aus flogen die Bienen nicht nur zu den Blumen in seinem Garten, sondern zu den Lindenbäumen auf dem Schulhof, zu den blühenden Feldern und Wiesen, um Nektar zu sammeln. Sie machten so viel Honig, dass Dusek das ganze Jahr über Honigbrot essen konnte, und für Honigkuchen zu Weihnachten reichte es auch noch.

»Vorgestern hat mich eine Biene ins Ohrläppchen gestochen«, sagte Anna.

»Das kann vorkommen«, meinte Dusek. »Eigentlich sind Bienen friedliche Tiere, aber wenn sie sich bedroht fühlen, stechen sie zu.«

Zehn Schritte vor den Bienenkörben mussten die Kinder stehen bleiben. Dusek ging allein weiter. Er hatte keine Angst vor den vielen Bienen, die um ihn schwärmten. Sie kamen aus allen Himmelsrichtungen angeflogen, landeten auf den Körben und schlüpften durch ein kleines Loch ins Innere. Nach kurzer Zeit krabbelten sie wieder heraus und machten sich auf den Weg zu neuen Blüten.

»Wer sich ruhig verhält, dem tun die Bienen nichts«, behauptete Dusek. »Wenn einer aber wild um sich schlägt, dann stechen sie zu.«

Sie sahen, wie sich einige Bienen auf Duseks Hände setzten und da herumkrabbelten. Dusek nahm den Deckel von einem Bienenkorb, griff hinein und zog einen Holzrahmen heraus, der gefüllt war mit einer hellbraunen Masse.

»Das ist eine Wabe«, sagte er. »Darin bewahren die Bienen den Honig auf.«

Er schüttelte die Wabe ein wenig, da tropfte goldgelber Honig heraus. Den fing Dusek in einem Schälchen auf, jedes Kind durfte seinen Finger hineinstecken und Honig schlecken.

»Das ist Honig von den Lindenblüten«, erklärte Dusek. »Er schmeckt am süßesten. Außerdem gibt es noch Honig von Kleeblüten und Rapsblüten. Auch aus Heideblüten holen die Bienen Honig.«

»Haben die wilden Bienen auch Honig in ihren Nestern?«, wollte Ingo wissen.

»Auch wilde Bienen sammeln Honig«, sagte Dusek. »Aber mit denen solltet ihr euch lieber nicht einlassen, die können sehr böse werden.«

Anna dachte an ihr Ohrläppchen und an die dicken Himbeeren am Waldrand.

»Wenn man den Bienen allen Honig wegnimmt, haben sie nichts, wovon sie im Winter leben können«, wunderte sich der kleine Iwan.

»Das ist richtig«, sagte Dusek. »Wir Menschen nehmen den Bienen die Vorräte weg, die sie für den Winter angelegt haben. Aber die Bienen sind so fleißig, die sammeln mehr Honig, als sie brauchen. Und das, was zu viel ist, dürfen sich die Menschen aufs Brot streichen.«

Nach dieser Schulstunde im Garten erwischte es auch Ingo. Wie immer im Sommer lief er barfuß nach Hause. Dabei trat er auf eine Biene, die sich gerade an einer Weißkleeblüte vergnügen wollte; bestimmt gehörte sie zu Duseks Bienenkörben. Das kleine Tier war so erschrocken, dass es zustach. Ingo schrie laut. Er setzte sich ins Gras und versuchte, den Stachel aus dem großen Zeh zu pulen. Das schaffte er aber nicht. Als er den großen Zeh in seinen Mund nehmen wollte, um das

Bienengift aus der Wunde zu saugen, verrenkte er sich fast den Hals.

»Nun wird dein Zeh so groß wie eine Kartoffel«, sagte Anna.

Sie kniete sich ins Gras, pulte den Stachel aus dem großen Zeh und lutschte das Gift aus der Wunde.

»Du wirst bestimmt einmal Krankenschwester«, sagte Ingo.

Gewitter im Moor

Wo der Feldweg endete, fanden sie ein Schild mit der Aufschrift:

Achtung Moor! Nicht betreten! Lebensgefahr!

»Was ist so schlimm an einem Moor?«, fragte Ingo.

»Es hat keine Wege. Man kann sich verirren oder im Moorwasser untergehen«, antwortete Anna. Das wusste sie von Tina, die sich so sehr fürchtete, dass sie immer kreidebleich wurde, wenn jemand das Moor erwähnte.

»Im Moor leben die Gespenster«, behauptete Tina. »Bei Gewitter ist es besonders unheimlich. Dann leuchten überall Irrlichter, und einsame Wanderer hören aus der Ferne ein schauriges Lachen.«

Was der alte Fritz vom Moor hielt, hörte sich so an: »In der wüsten Gegend habe ich nichts zu suchen. Es gibt da nichts zu pflügen und zu ernten, ich kann nicht mal eine Pfeife rauchen aus Angst, das Moor könnte abbrennen.«

Sie hatten Rex mitgenommen, weil sie dachten, mit ihm als Begleiter könnte ihnen im Moor nichts passieren. Das Moor, das Moorhusen den Namen gegeben hatte, war so groß, dass niemand darüber hinwegschauen konnte, nicht einmal von einem Baum oder vom Kirchturm aus. Überall hohes Gras und Schilf, dazwischen Gräben, in denen Wasser stand, so braun wie Schokoladensuppe. Hin und wieder kamen sie zu kleinen Tümpeln, in denen Frösche quakten. Bäume kannte das Moor überhaupt nicht, nur an seinem Rand wuchsen ein paar verkrüppelte Birken. Die Moorerde war weich, bei jedem Schritt gab sie nach, in den Fußspuren sammelte sich braunes Wasser.

»Wozu mag so ein Moor nützlich sein?«, fragte Ingo.

»Im Winter, wenn das Wasser gefroren ist, ernten die Leute aus dem Dorf Schilfrohr«, wusste Anna. »Sie schneiden es einfach ab, binden es zusammen und fahren es ins Dorf. Dort decken sie damit die Dächer der Häuser und Ställe.«

Rex war wieder sehr aufgeregt. Flogen Wildenten auf, zuckte er zusammen. Sprangen Frösche ins Wasser, fing er gleich an zu bellen. Auch einen Fischreiher, der vor einem Tümpel auf Beute lauerte, kläffte Rex so lange an, bis der davonflog.

Sie hielten sich auf einem Trampelpfad, den die Angler und Entenjäger ausgetreten hatten, aber an einem Graben, der mit Wasser gefüllt war, ging es nicht weiter.

»Wir müssen rüberspringen«, entschied Ingo.

Er nahm Anlauf und setzte mühelos über den Graben. Anna hatte Angst, ins Wasser zu fallen. Sie wollte sich aber nicht vor Ingo blamieren, also schloss sie die Augen, sprang, so weit sie konnte, und kam heil auf der anderen Seite an.

Was aber war mit Rex los? Der lief winselnd hin und her und wagte nicht, über den Graben zu springen. Am liebsten wäre er wohl nach Hause gelaufen, doch Anna und Ingo lockten ihn, er sollte endlich rüberspringen.

»Wir haben es auch geschafft!«, rief Anna.

Da sprang er tatsächlich, aber viel zu kurz. Er platschte in den Graben, es gab einen gewaltigen Spritzer, braune Wassertropfen flogen ihnen ins Gesicht, und Rex paddelte verzweifelt hin und her.

»Nun weißt du, wie Hundepaddeln geht«, sagte Ingo und lachte.

Pudelnass und schmutzig kam er an Land gekrochen, schüttelte sich so heftig, dass Anna und Ingo die braunen Wasserspritzer um die Ohren flogen.

Sie wanderten weiter ins Moor, kamen an Nestern vorbei, auf denen Enten brüteten. Sie scheuchten Möwen auf und Kiebitze. Das Schilf war höher als sie und bestimmt dreimal höher als Rex. Vor einem Wasserloch endete der Trampelpfad. Dort setzten sie sich ins Gras, sahen den Libellen zu, die über dem Tümpel kreisten. Rex legte sich neben sie und trocknete.

»Hier findet uns keiner«, sagte Ingo. Er fand es großartig, auf einem Fleck zu sitzen, den vorher noch kein Mensch betreten hatte. Um sie herum die Mauer aus hohem Gras und Schilf, über ihnen ein kleines Stück Himmel.

»Hier gibt es auch keinen Krieg«, sagte er. »Im Moor kann man nämlich nicht schießen.«

Während sie über das Moor und den Krieg sprachen, zog hinter ihnen eine schwarze Wolke auf. Rex bemerkte sie als Erster. Er wurde unruhig, winselte und spitzte die Ohren. Da fing es auch schon an zu donnern, erst fern, dann kam es rasch näher. Sie rannten zurück, den Wassergraben überquerten sie mit Leichtigkeit, sogar Rex hatte genug vom Hundepaddeln und sprang mühelos rüber.

Der Himmel leuchtete lila. Blitze zuckten. Das Licht fuhr aus den Wolken zur Erde, als wollte es das Moor anzünden.

Es kam ihnen so vor, als hörten sie Tinas Gespenster kichern. Und überall geisterten Irrlichter durchs Moor.

Durchs Schilf fuhr ein heftiger Wind. Das hohe Gras schlug ihnen ins Gesicht, Rex sprang wie ein Känguru, bis er ganz erschöpft war. Dann begann der Regen. Er rauschte so heftig vom Himmel, dass sie kaum den Pfad sehen konnten.

»Nun wird das Moor ein See, und unser Rex muss noch einmal Hundepaddeln üben«, keuchte Ingo.

Weit und breit gab es kein Dach zum Unterstellen, nicht einmal ein Baum war in der Nähe.

»Es ist gefährlich, sich bei Gewitter unter einen Baum zu stellen«, sagte Anna. »Die Blitze schlagen gern in hohe Bäume ein, und wenn du drunter stehst, wirst du vom Blitz getroffen.«

Sie wurden nass vom Kopf bis zu den Füßen. Der Regen lief ihnen in die Ohren, den Nacken hinunter und sogar in die Schuhe. Rex, der vom braunen Moorwasser schmutzig geworden war, spülte nun das Regenwasser wieder sauber.

Das Unwetter hörte erst auf, als sie die ersten Häuser erreichten. Der Himmel wurde hell, nur über dem Moor zuckten noch vereinzelt Blitze. Rex verzog sich gleich in seine Hundehütte, er hatte genug von Ausflügen ins Moor, und das Hundepaddeln im Wassergraben überließ er lieber anderen.

»Kinder, Kinder, ihr seht aus, als wärt ihr ins Moor gefallen!«, wunderte sich Tina.

Das Moor, der See und die Indiiner

Am letzten Schultag vor den Sommerferien erzählte Dusek von der Zeit, als er zur Schule gegangen war. Damals bekamen die Kinder Ferien, damit sie bei der Ernte auf den Feldern helfen konnten. Kamen sie nach sechs Wochen wieder, waren sie braun wie die Afrikaner, aber so dumm, dass sie nicht mehr den eigenen Namen schreiben konnten.

»Ja, damals war alles anders«, sagte Dusek. »Und in fünfzig Jahren, wenn ihr Großeltern seid, wird es wieder anders sein.«

Seine größte Sorge war, die Kinder könnten im Moorhusener See ertrinken, im Moor untergehen oder von einer Erntefuhre fallen und sich das Bein brechen.

»Lauft auch nicht barfuß in den Wald«, riet er. »Auf den sandigen Waldwegen liegen manchmal Schlangen, nämlich die giftigen Kreuzottern, die gern in nackte Kinderfüße beißen.«

Damit sie nicht alles Gelernte vergaßen und so dumm wurden, dass sie den eigenen Namen nicht schreiben konnten, gab Dusek ihnen siebenundzwanzig Türme Rechnen auf. Auch sollten sie Wörter aufschreiben, die zwei As, zwei Es, zwei Us, zwei Os und zwei Is hatten.

»Wer die meisten Wörter findet, bekommt einen Preis«, versprach er.

Schon auf dem Heimweg fingen Anna und Ingo an,

Wörter zu sammeln. Mit dem Buchstaben O ging es noch sehr gut. Moorhusen war so ein Wort. Im Moorhusener Moor versteckten sich sogar vier Os. Sie nahmen auch den Moorhusener See, in dem nicht nur zwei Os, sondern auch zwei Es schwammen.

»Wenn wir noch den Moorhof, die Moorhusener Mühle, die Moorhusener Kirche, die Moorhusener Dorfstraße und den Moorhusener Dorfpolizisten aufschreiben, haben wir bald hundert Wörter«, freute sich Anna.

Schwerer ging es mit den Is. Ingo erfand so komische Wörter wie Maiinsel, Eiigel und Freiimker, über die sie nur lachen konnten.

Als sie zu Hause ankamen, war der Buchstabe U an der Reihe. Dazu fiel ihnen gar nichts ein. Sie gingen von einem zum anderen und fragten nach zwei Us. Annas Mutter kannte ein Wort, das hieß Genugtuung und hörte sich sehr komisch an, besaß aber sogar drei Us. Der alte Fritz schlug vor, Muhkuh in die Liste aufzunehmen, das klang auch wie zwei Us. Tina fing an Platt zu reden und behauptete, das Wort Huus werde mit zwei Us geschrieben. Auch Apfelmus wollte sie mit aufschreiben, weil es so ähnlich klang wie Huus.

»Und wenn ihr schon dabei seid, könnt ihr noch Pflaumenmus, Rübenmus und Kartoffelmus nehmen.«

Beim U half ihnen Ingos Mutter. Sie fand die Worte Bebauung, Bauunternehmer und Bauunterlagen.

Am leichtesten ging der Buchstabe A. Da kannte auch der alte Fritz ein Wort, nämlich den Aal, den er gern geräuchert zum Abendbrot aß.

»Und wenn du einen Sack Kartoffeln auf die Waage stellst, sind da auch zwei As drin«, erklärte er.

»Im Saal des Dorfkrugs kann man gut tanzen!«, rief Tina dazwischen.

Auch Wörter mit zwei Es fanden sie genug. Es gab ja nicht nur den Moorhusener See, sondern auch den Bodensee, den Müritzsee, die Nordsee und die Ostsee. Hinzu kamen die Meere. Sie nahmen das Mittelmeer, das Schwarze Meer, das Rote Meer, auch wenn keiner genau wusste, wo diese Meere lagen.

Am Nachmittag schrieben sie die Wörter auf. Weil sie nur wenige Wörter mit zwei Is hatten, beschlossen sie, die Kinder der Indianer einfach Indiiner zu nennen.

»Die Fidschiinseln gehen auch«, sagte Annas Mutter.

»Wo liegen die denn?«, wollte Ingo wissen.

»Ach, das ist weiter weg als der Mond.«

Der alte Fritz behauptete aber, er hätte die Fidschiinseln gleich hinter Helgoland gesehen, als er einmal mit einem Fischkutter einen Ausflug in die Nordsee machte.

Sie zählten die aufgeschriebenen Wörter und kamen auf neunundneunzig. Das wäre doch wohl genug, um von Dusek den ersten Preis zu bekommen. Aber Anna wollte unbedingt hundert Wörter haben.

»Wir schreiben unsere Katze Morle auf«, schlug sie vor.

»Aber die hat doch nur ein O!«, rief Ingo.

»Wir bestimmen einfach, dass sie mit zwei Os geschrieben wird«, antwortete Anna. »Es ist unsere Katze, wir geben ihr den Namen, außerdem ist sie so schwarz wie das Moorhusener Moor. Davon kommt der Name Moorle.«

Auf dem Milchwagen

Die Milch, die die Moorhusener Kühe gaben, wurde jeden Morgen in Kannen gesammelt und von einem Pferdefuhrwerk zur Meierei in die Stadt gefahren. Um halb sieben hielt der Milchwagen vor dem Moorhof, der Kutscher lud die silbernen Kannen auf, die der alte Fritz an die Straße gestellt hatte. Anna und Ingo wären gern mit dem Milchwagen in die Stadt gefahren. Dazu kam es aber nicht, weil sie morgens immer zur Schule mussten. In den Sommerferien sollte es losgehen. Vorher fragte der alte Fritz den Milchkutscher, ob er Anna und Ingo mitnehmen würde.

»Das lässt sich machen«, antwortete der. »Morgen, wenn die Sonne aufgeht, sollen sie frisch gewaschen und gekämmt bei den Milchkannen stehen, und unterwegs müssen sie mir ein Liedchen vorsingen.«

Am nächsten Morgen warteten sie vor Sonnenaufgang an der Straße. Aus der Ferne hörten sie den Milchwagen rumpeln, die Kannen schepperten, und die Pferde prusteten. Der Milchkutscher, ein alter Mann mit Bart, lud erst die vollen Kannen auf, bevor er einen Blick auf die beiden Mitreisenden warf.

»Ihr wollt also nach Amerika fahren«, meinte er lachend.

So weit wollten sie nun auch wieder nicht, es genügte ihnen, die Meierei in der Stadt zu besichtigen. Aber das sagten sie natürlich nicht.

»Dann steigt man auf!«, rief der Mann.

Sie durften auf einem Sitzbrett hinter dem Kutscher Platz nehmen, neben ihnen standen in Reih und Glied die Kannen. Dreiunddreißig Milchkannen zählte Ingo, und alle waren gefüllt bis zum Rand. Wenn man die ausschüttete, gäbe es einen Milchsee, in dem sie baden könnten.

»Dass ihr mir die Milch nicht ausschlabbert!«, rief der Kutscher ihnen zu. »Die Kannen sind gezählt, ich muss jede voll in der Meierei abliefern.«

Danach ging es los. An der Schule vorbei und zur Mühle. Die Pferde trabten, die Vögel sangen, der Kutscher knallte mit der Peitsche, und die Milchkannen klapperten.

»Jetzt müsst ihr mir ein Lied vorsingen!«, hörten sie den Kutscher sagen.

Er wünschte sich die »Vogelhochzeit«. Das war ein Lied, das kein Ende nahm, weil es so viele Strophen hatte. Der Kutscher sang nur den Refrain Fiderallalla mit und knallte am Ende einer jeden Strophe mit der Peitsche. Die Vogelhochzeit dauerte so lange, dass sie schon die Türme der Stadt sehen konnten, als sie bei der letzten Strophe angekommen waren.

Die Meierei lag am Stadtrand. Es war ein roter Ziegelbau mit einem Schornstein, aus dem Rauchwolken in den Himmel stiegen. Vorn sahen sie eine Rampe, an der die Milchwagen, die aus allen Dörfern der Umgebung gekommen waren, ihre Kannen abluden. Der Moorhusener Milchwagen musste sich an die Schlange der wartenden Wagen anschließen; es dauerte eine ganze Weile, bis sie an der Reihe waren. Der Kutscher nahm sie mit, um ihnen die Meierei von innen zu zeigen. Sie standen vor einem silbergrauen Riesenfass, in das die Milch gekippt wurde. So viel Milch hatten Anna und Ingo noch nie gesehen. Da könnte man von Ostern bis Weihnachten Milch trinken, und das Fass wäre immer noch voll.

Die Arbeiter in der Meierei trugen weiße Schürzen.

»Sie heißen alle Meier«, erklärte der Kutscher. »Und weil sie diesen Namen tragen, nennt man das Gebäude Meierei.«

Einer der Arbeiter zeigte ihnen, wie die Milch durch ein großes Sieb gegossen wurde, um gereinigt zu werden. Von dort kam sie in ein zweites Fass, in dem sich ein Quirl drehte, so dass im Milchsee Wirbel und Strudel entstanden.

»Hier schleudern wir das Fett aus der Milch«, sagte der Arbeiter. »Aus dem Fett machen wir die Butter, die ihr morgens aufs Brot streicht.«

In einem anderen Raum roch es nach Käse.

»Das ist die Käserei«, erklärte der Arbeiter und zeigte auf die Käsestücke, die da herumlagen und so groß waren wie Wagenräder. Ingo stieß Anna an.

»Mit solchen Rädern möchte ich mal spazieren fahren«, flüsterte er. »Und hinterher essen wir die Räder auf.«

Der Arbeiter schnitt jedem ein Stückchen Käse zum Probieren ab. Er erzählte ihnen, was die Meierei alles aus Milch machen konnte, nämlich Quark, Sahne fürs Kaffeetrinken, Vanillepudding, Kakao und Buttermilch.

»Milch ist die allerbeste Nahrung«, behauptete er.

Auch die Milch vom Moorhof kam in den großen Milchsee. Die leeren Kannen spülte der Kutscher aus und lud sie auf den Wagen, denn am nächsten Morgen mussten sie wieder, gefüllt mit der Milch der Moorhusener Kühe, in die Meierei gebracht werden.

»Wenn ich groß bin, werde ich auch in einer Meierei arbeiten«, entschied Ingo auf dem Heimweg.

»Du heißt aber nicht Meier«, sagte Anna.

Jeden Tag Käse essen, Milch trinken und in einem Milchsee baden, dafür wäre Ingo auch bereit, den Namen Meier anzunehmen.

Bevor sie Moorhusen erreichten, gab es noch eine Überraschung. Die Sonne stand hoch am Himmel, es war sehr heiß. Als der Milchwagen am Moorhusener See vorbeikam, hielt der Kutscher an, schöpfte einen Eimer Wasser und tränkte damit die Pferde. Nachdem die Tiere satt waren, kletterte er auf den Wagen und suchte die Kanne, in die er Buttermilch gefüllt hatte. Von jeder Reise zur Meierei brachte er nämlich eine Kanne mit, die er in Moorhusen an die Leute verteilte, die gern Buttermilch tranken. Er goss einen Kannendeckel voll und trank. Anna und Ingo bekamen auch einen Deckel voll. Die Milch war etwas säuerlich, aber Ingo sagte: »Wenn man beim Trinken die Augen schließt, schmeckt Buttermilch gerade so wie Vanillepudding.«

Von Hocken und Stoppelfeldern

»Die Sommerferien sind nicht dazu da, so lange zu schlafen, bis die Sonne in euer Bett scheint«, sagte der alte Fritz. »In den Sommerferien ist Erntezeit, da müssen auch die Schulkinder mithelfen.«

Mit dem Roggenfeld fing er an, spannte vier Pferde vor die Mähmaschine und fuhr damit so lange um das Feld, bis der Roggen geschnitten war.

Frau Waschkun und Tina banden das Gemähte zu Garben, die Garben stellten sie zu Hocken zusammen. Das Kornfeld sah nun so aus, als stünden auf ihm viele kleine Zelte.

Anna und Ingo besuchten die Hocken und fanden sie viel schöner als ihre Stube im Kornfeld. Die Hocken hatten Türen und Fenster und ein spitzes Dach. In ihnen konnte man auch sitzen, wenn es regnete. In den Hocken war es kühl und schattig, das Stroh knisterte, ab und zu sprang ihnen ein Grashüpfer über die Füße. Auch eine kleine Maus kam zu Besuch und knabberte an einer Roggenähre. Anna schrie laut auf und rannte aus der Hocke, weil sie Angst hatte vor Mäusen. Ingo blieb ruhig sitzen und sah der kleinen Maus beim Mittagessen zu.

»Mäuse tun doch nichts!«, rief er Anna zu. »Sie sind so niedlich wie Mucki und Mecki.«

An dem Tag, an dem die Roggengarben aus der Hocke in die Scheune gefahren werden sollten, erzählte

Fritz ihnen erst mal, was richtige Erntearbeiter anzuziehen haben.

»Ein Hemd mit langen Ärmeln, damit ihr euch nicht an Disteln pikt und wunde Arme bekommt. Auf den Kopf gehört ein Strohhut, sonst bekommt ihr einen Sonnenstich und vergesst alle Wörter mit zwei Us und zwei Es. Barfuß über ein Stoppelfeld laufen können nur Igel und Stachelschweine, also müsst ihr Schuhe anziehen, sonst bluten eure Füße.«

Die Roggenernte ging so ähnlich wie die Heuernte. Tina, Frau Waschkun, Ingo und Anna klapperten mit dem Erntewagen zum Roggenfeld, wo die Hocken standen.

Anna und Ingo saßen wieder auf den Pferden und fuhren den Leiterwagen von Hocke zu Hocke. Fritz und

Frau Waschkun reichten die Garben hinauf, Tina packte sie so, dass es ein großes Fuder wurde. Um die Mittagszeit kam Annas Mutter mit einem Korb voller Essen aufs Feld. Schinkenbrote gab es, ein gekochtes Ei und so viel Johannisbeersaft, wie jeder trinken mochte.

Fritz zeigte ihnen, wie man die grauen Körner, die in einer Roggenähre stecken, essen konnte. Er rieb die Ähre in beiden Händen, bis alle Körner herausgefallen waren. Dann pustete er die Spreu fort und steckte die Körner in den Mund.

»Das ist gerade so wie frisches Brot essen«, sagte er.

Am Abend wuschen sich alle an der Hofpumpe den Staub aus dem Gesicht. Abendbrot aß Ingo zusammen mit Anna, er war aber so müde, dass er nach dem letzten Bissen am Küchentisch einschlief und Frau Waschkun ihn in sein Bett tragen musste.

Nach zwei Tagen hatten sie alle Garben in die Scheune gefahren. Zurück blieben leere Stoppelfelder, über die die Störche spazierten, weil sie hofften, hier eine Maus und dort einen Frosch zu fangen.

Am Sonntag nahm Frau Waschkun Ingo beiseite und sagte: »Heute gehen wir Ähren sammeln. Einige Ähren sind abgebrochen und liegen auf dem Stoppelfeld. Es wäre doch schade, wenn sie da unnütz liegen blieben. Also werden wir sie sammeln und aus den Körnern Mehl mahlen.«

Bis Mittags hatten sie einen Sack voll Ähren gesammelt. Ingo besorgte sich einen Holzknüppel und schlug so lange auf den Sack, bis alle Körner aus den Ähren gefallen waren. Einen ganzen Wassereimer voller Körner ernteten sie.

»Natürlich können wir die nicht zur Windmühle bringen«, sagte Frau Waschkun. »Müller Macke lacht uns aus, wenn er so ein kleines Eimerchen Roggen mahlen soll.«

Sie lieh sich von Tina die Kaffeemühle. Damit mahlte sie die Roggenkörner durch, und tatsächlich kam wie bei der großen Windmühle richtiges Mehl aus der Kaffeemühle. Daraus kochte sie Klunkersuppe, und am Sonntag gab es Mehlpfannkuchen.

Ich hab Geburtstag

Ingos Geburtstag fing so an, dass seine Mutter ihm tatsächlich Himbeersaft ans Bett brachte. Kaum hatte er das Glas ausgetrunken, kam Anna mit einem Wurstbrot die Treppe herauf.

»Ich bleibe den ganzen Tag im Bett und feiere Geburtstag!«, rief Ingo.

Da sein Geburtstag in die Ferienzeit fiel, hätte er das tun können, aber natürlich wurde es ihm im Bett langweilig. Schon nach einer halben Stunde hatte er genug vom Geburtstagfeiern im Bett.

»Wie alt bist du?«, fragte Anna ihn.

»Zwölf Jahre.«

»Als Ingo geboren wurde, war auch so ein schöner Sommertag wie heute«, erzählte Frau Waschkun. »Ich war mit dir allein im Haus, weil alle anderen auf dem Feld arbeiteten. Du hast laut geschrien, als du auf die Welt kamst. Damals war ja noch Frieden, es gab keine Flieger und keine Bomben. Wir hatten genug zu essen, und dein Vater war noch nicht bei den Soldaten.«

Als Erstes besuchte das Geburtstagskind Rex und ließ sich von ihm gratulieren.

Das geschah so, dass Rex an ihm hochsprang, die beiden Vorderpfoten auf seine Schultern legte und laut bellte.

Anschließend ging er zu Mucki und Mecki.

»Ich hab Geburtstag!«, schrie Ingo. Das schienen die Kaninchen zu verstehen, sie schnupperten an seinen Händen und ließen sich von Ingo kraulen.

Morle dagegen hatte mit Geburtstagsfeiern nichts im Sinn. Sie streunte mit erhobenem Katzenschwanz über den Hof und sah das Geburtstagskind nicht einmal an. Auch im Pferdestall hielt sich die Begeisterung in Grenzen.

»Ich hab Geburtstag«, sagte Ingo zu Hans und Lotte. Die schauten sich nur kurz um, dann fraßen sie weiter ihren Hafer.

»Wer zwölf Jahre alt ist, kann bald arbeiten wie ein richtiger Mann«, meinte der alte Fritz. Er schenkte dem Geburtstagskind einen Haselnussstock, in den er allerlei Figuren geschnitzt hatte, einen Hasen, eine Schlange und einen Ziegenbock. Oben, wo man den Stock anfasste, stand der Name Ingo.

»Das ist ein Zauberstab«, erklärte er. »Wenn du den Stock in die Schule mitnimmst und nicht aus der Hand legst, weißt du auf jede Frage von Lehrer Dusek die richtige Antwort.«

Das mit dem Zauberstab wollte Ingo lieber nicht ausprobieren, denn Lehrer Dusek besaß auch einen Stock, und der wusste alles besser.

»Ich hab Geburtstag!«, rief er Tina zu, als die über den Hof kam. Sie schenkte ihm drei Mohrrüben und eine Hand voll Brombeeren.

»Eigentlich wollte ich dir gar nichts schenken, weil du immer in den Garten schleichst und heimlich von meinen Beeren naschst«, schimpfte sie. »Auch die Eier, die die Hühner verlegen, trinkst du aus, und wenn es dunkel wird, gehst du zu unseren Kühen und trinkst ihre Milch. Aber weil heute Geburtstag ist, will ich das alles vergessen.«

»Vielleicht bringt der Briefträger Geburtstagspost von deinem Vater«, hoffte Frau Waschkun. »Oder dein Vater kommt selber nach Hause, um dir zu gratulieren.«

Aber der Briefträger fuhr achtlos am Moorhof vorbei, und es kam auch kein Mann auf den Hof, von dem man denken konnte, er wäre Ingos Vater.

»Wenn du wieder Geburtstag hast, ist er bestimmt zu Hause«, sagte Frau Waschkun. »Vielleicht auch schon zum nächsten Weihnachtsfest.«

Wie aus einem Lehrerpult ein Küchenherd wurde

Auch im Sommer zogen noch Flüchtlinge durch Moorhusen.

In kleinen Gruppen kamen sie die Landstraße entlang, die Kinder schoben Handwagen, manchmal auch Kinderwagen, in denen aber nicht Babys lagen, sondern Kochtöpfe, Jacken, Mäntel und die wenigen Dinge, die die Flüchtlinge besaßen.

»Es ist kein Krieg mehr, aber die Menschen sind immer noch unterwegs«, wunderte sich Tina.

»Ich denke, die ganze Welt ist auf Reisen, nur die Moorhusener sind geblieben, wo sie immer waren«, meinte Fritz.

Einmal traf Anna eine Familie, in deren Kinderwagen nicht Kartoffeln lagen, sondern ein richtiges Baby.

»Gretel ist auf der Flucht in einem Eisenbahnwagen geboren«, sagte die Frau, die den Kinderwagen schob.

Anna stellte sich das aufregend vor, in einem fahrenden Zug, während die Räder rasselten, die Lokomotive heulte und dicke Rauchwolken auspustete, zur Welt zu kommen.

Oft fragten die Flüchtlinge, ob in Moorhusen noch eine Stube frei sei, in der sie wohnen könnten.

»Moorhusen ist überfüllt, vielleicht gibt es im Nachbardorf noch freie Plätze«, erhielten sie meistens zur Antwort.

Manche fragten auch nur nach Verwandten oder Bekannten, die sie im Durcheinander des Krieges verloren hatten. An die Straßenbäume und ans schwarze Brett beim Bürgermeister klebten sie Suchzettel. Anna Böhme sucht Lieschen und Günther Maletzka, stand da. Oder: Annegret Schmidtke bitte melden!

Meistens klopften die Flüchtlinge nur an, weil sie etwas essen wollten. Annas Mutter hielt immer ein paar Kartoffeln oder Mohrrüben bereit, die sie den Flüchtlingen schenkte. War gerade Mittagszeit, stellte sie einen vollen Suppentopf auf den Gartentisch. Die Flüchtlinge durften sich auf die Treppe setzen, die Suppe auslöffeln, und Anna stand daneben und sah zu.

Einmal saß eine Frau mit drei Kindern auf der Treppe. Zwei konnten schon laufen, das dritte war ein Baby, das die Frau in ein Tuch gewickelt hatte und auf dem Arm trug. Nachdem sie sich an der Suppe satt gegessen hatte, nahm die Frau das Baby aus dem Tuch und legte es an ihre Brust. Anna sah zum ersten Mal, wie ein kleines Kind Milch aus der Brust der Mutter trank.

»Sie heißt Olga und ist vor fünf Monaten in einer Scheune geboren«, sagte die fremde Frau. »Kaum waren wir weggelaufen, schlug eine Bombe ein, und die ganze Scheune brannte nieder.«

Annas Mutter brachte der Frau ein Glas Milch.

»Wer einem kleinen Kind Milch gibt, muss auch selbst Milch trinken«, sagte sie.

Anna fragte, ob die Frau mit den drei Kindern nicht auf dem Moorhof bleiben könnte, sie hätte dann noch mehr Freunde zum Spielen und könnte das Baby spazieren fahren.

»Wir haben Flüchtlinge genug, für mehr reicht der Platz nicht«, sagte ihre Mutter.

Anna schlug vor, mit Ingo zusammen in die obere Stube zu ziehen, und Tina und der alte Fritz könnten auch zusammen in einer Kammer wohnen, damit Platz wäre für die Frau mit den drei Kindern. Ihre Mutter schüttelte unwirsch den Kopf.

»Da verstehst du nichts von«, sagte sie. »Es gibt Millionen Flüchtlinge, wir können unmöglich alle, die ein schwarzhaariges Baby haben, bei uns aufnehmen. In anderen Dörfern gibt es noch genug Platz, da werden sie schon eine Unterkunft finden.«

So kam es, dass die Frau mit den drei Kindern weiterwandern musste. Sie schien gar nicht traurig zu sein, sondern bedankte sich freundlich für die Milch und die warme Suppe.

»Jetzt hat es auch die Schule erwischt!«, rief Ingo eines Morgens. Anna dachte, das Schulhaus wäre abgebrannt oder ein Baum wäre aufs Dach gefallen, aber der Schule war weiter nichts passiert, als dass der Bürgermeister vier Flüchtlingsfamilien dort eingewiesen hatte. Die Leute saßen zwischen den Tischen und Bänken, schliefen auf Haferstroh und kochten auf einem Herd, der unter Duseks Lehrerpult stand. Ein schwarzes Ofenrohr schaute aus dem Fenster, und wenn die Flüchtlinge Suppe kochten, zog blauer Rauch über den Schulhof.

»Wir haben Ferien bis Weihnachten!«, jubelte Ingo.

Aber er hatte sich zu früh gefreut. Am letzten Ferientag verließen die Flüchtlinge die Schule und zogen in eine Baracke, die der Bürgermeister für sie hinter der Mühle hatte bauen lassen. Als die Moorhusener Kinder am ersten Schultag erschienen, erwartete Dusek sie vor der Tür.

»Die erste Stunde heißt Aufräumen«, sagte er.

Sie stellten die Bänke wieder an den richtigen Platz, trugen den Küchenherd auf den Schulhof und befreiten Duseks Lehrerpult von roten Marmeladenflecken.

Zur großen Pause sah die Moorhusener Schule wieder ganz manierlich aus. Nur mitten auf dem Schulhof stand immer noch ein alter Küchenherd.

Storchenabschied

Drei junge Störche lebten im Storchennest. Anfangs konnte man nur ihre Köpfe sehen, die sie über den Nestrand streckten, wenn die Storcheneltern zum Füttern kamen. Bald standen die Kleinen mit wackeligen Storchenbeinen im Nest und übten das Flügelschlagen. Dann spazierten sie auf dem Dachfirst hin und her, wagten aber nicht zu fliegen.

Eines Morgens kam Fritz in die Küche und rief: »Seht nur, was die Störche treiben!«

Anna und Ingo rannten vor die Tür, auch Tina ließ ihre Schürze fallen und schaute aus dem Fenster zum Storchennest.

Die jungen Störche lernten fliegen. Das ging so, dass die Storcheneltern auf dem Scheunendach standen und mit den Flügeln schlugen, als wollten sie den Jungen zeigen, wie es gemacht wird. Die Jungen sollten von ihrem Nest auf dem Stalldach zu ihnen aufs Scheunendach fliegen. Sie standen aufgeregt im Nest, wagten es aber nicht. Auf einmal segelte der Erste los, noch ziemlich taumelig und unbeholfen, fast stieß er sich den Kopf am Schornstein des Bauernhauses. Mit Mühe und Not erreichte er das Scheunendach, wo die Storcheneltern ihn freudig begrüßten. Die alten Störche klapperten laut, sie forderten die beiden anderen auf, auch zu fliegen. Der Zweite versuchte es und landete fast in den Ästen des Kastanienbaums, konnte gerade noch ausweichen und erreichte den Telegrafenmast neben der Straße. Da gehörte er eigentlich nicht hin, war aber froh, wenigstens den ersten Flug heil überstanden zu haben.

Der dritte Storch traute sich nicht zu fliegen. Er hüpfte von einem Bein aufs andere, schlug wild mit den Flügeln und wäre vor Aufregung beinahe aus dem Nest gefallen. Sosehr die Storcheneltern ihn auch lockten, er blieb in seinem Nest. Aber plötzlich taumelte er, rutschte die Dachpfannen hinunter und wäre wohl wie ein Stein auf den Misthaufen gefallen, hätte er nicht doch die Flügel ausgebreitet. Wie ein Segelflieger glitt er durch die Lüfte, landete auf der Hofpumpe und blickte Hilfe suchend zu seinen Eltern. Die kamen herabgeflogen, auch der Storch vom Telegrafenmast landete neben der Hofpumpe. Nun stand die ganze Storchenfamilie auf dem Moorhof und freute sich, dieses Abenteuer überstanden zu haben. Rex, der so etwas noch nie gesehen hatte, hörte gar nicht auf zu bellen.

»Sie werden bald nach Afrika fliegen«, sagte der alte Fritz.

Bevor es nach Afrika ging, zeigten die Storcheneltern ihren Jungen die Wiesen am See und brachten ihnen bei, selbst ihr Futter zu suchen.

»Sie müssen noch viel fressen, damit sie Kraft haben für die weite Reise«, meinte Fritz.

Eines Morgens war das Storchennest leer.

»Sie sind vor Sonnenaufgang abgereist«, erzählte Fritz. »Ich sah sie um den Kirchturm fliegen, und jetzt sind sie längst über alle Berge. Wenn sie in Afrika angekommen sind, schicken sie euch bestimmt mit der Storchenpost eine Ansichtskarte.«

Nach den Störchen verließen auch die Schwalben den Moorhof. Abends saßen sie noch in langer Kette auf der Telefonleitung und zwitscherten.

»Unsere Schwalben telefonieren schon mit Afrika«, sagte Fritz.

Anna und Ingo legten den Kopf an den Telegrafenmast und hörten tatsächlich ein feines Summen wie Schwalbengesang.

Am nächsten Morgen waren die Schwalben verschwunden. Nur in der Telefonleitung summte es noch, da sangen sie ihre Schwalbenlieder.

»Wenn Störche und Schwalben auf die Reise gehen, fängt der Herbst an«, sagte Tina traurig.

Kaninchengeburtstag

»Lauft mal schnell zum Kaninchenstall!«, rief der alte Fritz. »Da gibt es etwas Sonderbares zu sehen.«

Anna und Ingo ließen ihre Schultaschen fallen. Als sie bei Mucki und Mecki ankamen, fanden sie aber nichts Sonderbares. Die Kaninchen kamen wie immer, wenn Besuch erschien, an die Tür und schnupperten am Drahtgeflecht.

»Hinten in der Ecke hat Mecki ein Nest gebaut«, sagte Fritz.

Sie entdeckten ein Knäuel aus schwarzer Wolle. Die hatte Mecki sich selbst ausgezupft, um das Nest warm und gemütlich zu machen. Unter der Wolle bewegte sich etwas.

»Das sind junge Kaninchen«, sagte Fritz, öffnete die Tür, griff ins Nest und nahm ein Junges heraus. Zitternd lag es in seiner Hand. Es war ganz nackt und hielt die Augen geschlossen. »Sieben kleine Kaninchen liegen in dem Nest«, erklärte er.

Er legte das Kaninchen zurück ins warme Nest und deckte es mit Wolle zu. Anna und Ingo rannten in den Garten, um Gras zu pflücken.

»Die Kleinen fressen noch kein Gras«, erklärte Fritz. »Die trinken Milch von ihrer Mutter. Sie braucht jetzt ordentlich Futter, damit die Jungen satt werden.«

Weil sie Futter suchen mussten, kamen Anna und Ingo zu spät zur Schule.

»Na, ist wieder mal die Uhr stehen geblieben?«, polterte Dusek los.

»Unser Kaninchen hat Junge bekommen«, sagte Anna.

Dusek schüttelte ärgerlich den Kopf.

»Das ist doch kein Grund, zu spät zur Schule zu kommen! Morgen bekommen die Störche Junge, übermorgen die Schwalben und am dritten Tag die Hühner.«

Sie hielten es doch für einen wichtigen Grund, sagten es aber lieber nicht, sondern setzten sich still in die Bank und dachten an ihre sieben kleinen Kaninchen.

In den nächsten Tagen kümmerten sie sich sehr um

sie. Tina erlaubte ihnen, Mohrrüben aus dem Garten für die Kaninchenmutter zu holen, und Ingo brachte es fertig, von einer Mohrrübe, die er eigentlich selber essen wollte, die Hälfte abzugeben.

Nach einer Woche räumte die Kaninchenmutter die Wolle beiseite. Anna und Ingo sahen die Kleinen im Nest liegen, sie kuschelten sich aneinander und wärmten sich gegenseitig. Bald bekamen sie ein schwarzes Fell, auf der Nase hatte jedes Kaninchen einen weißen Fleck. Es dauerte nicht lange, da kamen sie aus dem Nest gekrochen, schnupperten an Annas Finger und fingen bald an, Gras zu fressen und von Tinas Mohrrüben zu probieren.

Sie überlegten lange, welche Namen sie den Jungen geben sollten. Hoppel und Schnuppernase fiel ihnen ein, Löwenzahn, Springinsfeld, Mümmel und Hasenfuß. Tina meinte, der Name Anning wäre schön, weil darin Anna und Ingo vorkommen.

»Die sehen alle gleich aus und brauchen keinen Namen, weil man sie nicht voneinander unterscheiden kann«, sagte der alte Fritz.

Er schlug vor, die Kaninchenschar Hoppelbande zu nennen. Dabei blieb es auch.

Blau sind alle Beeren

Nach den Sommerferien kam die Zeit, in der auf den Feldern, im Wald und am Wegrand viele Beeren reiften. Frau Waschkun schickte Ingo zum Sammeln aus.

Anna begleitete ihn, und sooft sie konnten, nahmen sie auch Rex mit, der zwar keine Beeren sammelte, aber sonst allerlei Schabernack anstellte. Er bellte einen Vogel an, der auf einem Baum saß. Er wühlte in einem Erdloch und jaulte laut auf, als ihm ein paar Ameisen über die Nase krabbelten.

Besonders gut schmeckten die dunkelblauen Brombeeren. Sie zu pflücken war nicht einfach, denn die Brombeerbüsche hatten stachelige Dornen. Ohne Pikser an Händen und Armen ging es meistens nicht ab. Stachelig waren auch die Schlehenbüsche. Die blauen Schlehenbeeren schmeckten so sauer, dass es einem den Mund zusammenzog.

»Die kann man erst im Winter essen, wenn sie Frost bekommen haben«, sagte Tina.

Es gab auch Beeren, die man nicht essen durfte, weil sie giftig waren.

»Wenn du die schwarze Tollkirsche aufisst, fällst du tot um«, sagte Ingo und machte um diese Beeren, die an hohen Büschen wuchsen, einen großen Bogen.

An den Feldwegen standen so viele Holunderbüsche, dass Tina behauptete, Holunder sei Unkraut und müsste eigentlich verbrannt werden. Im Herbst reiften die blauen Holunderbeeren. Als Ingo sie ernten wollte, gab es ein kleines Unglück. Er dachte, die Holunderbeeren könne man so essen, wie man Erdbeeren, Kirschen oder Johannisbeeren isst.

»Wenn den Vögeln die Holunderbeeren schmecken, kann ich sie auch probieren«, sagte er, pflückte sich ein paar Dolden, nahm am Wegrand Platz und steckte Beere für Beere in den Mund. Anna sollte auch essen, aber die schüttelte sich, weil sie wusste, dass man von Holunderbeeren blaue Lippen und eine dunkle Zunge bekommt.

Nach einer Weile begann es in Ingos Bauch zu burbeln und zu glucksen. Er bekam ein blasses Gesicht und musste sich übergeben.

»Vielleicht sind die Holunderbeeren auch giftig«, schimpfte er.

Ingo bekam große Angst, er könnte sich vergiftet haben und müsste nun sterben.

»Wenn du ins Krankenhaus musst, komme ich mit«, sagte Anna, als sie nach Hause rannten.

»Was ist denn mit euch los?«, fragte Tina, als sie auf dem Moorhof ankamen.

»Weißt du, ob Holunderbeeren giftig sind?«, rief Anna, während Ingo am Gartenzaun stand und sich den Bauch hielt.

»Giftig nicht!«, antwortete Tina lachend. »Aber das Zeug schmeckt so scheußlich, dass der gesündeste Magen die Beeren gleich wieder ausspuckt.«

Kaum hörte Ingo das, musste er sich schon wieder übergeben.

»Dagegen hilft Milch«, sagte Tina.

Sie gab Ingo eine Literkanne voll frischer Kuhmilch. Als er die ausgetrunken hatte, fühlte er sich besser.

»Holunderbeeren taugen nur für die Suppe«, erklärte Tina. »Wenn man sie kocht, verlieren sie ihren scheußlichen Geschmack, und es ist gerade so, als ob einer Blaubeersuppe oder Kirschsuppe löffelt. Heißer Holunderbeersaft hilft gegen Husten und Schnupfnase.«

Ingo hatte genug von dieser Medizin. Er konnte die blauen Beeren nicht mehr sehen und machte um jeden Holunderbusch einen weiten Bogen, weil ihm schon beim Hinschauen der Bauch wehtat. Frau Waschkun pflückte heimlich einen Wassereimer voll Holunderbeeren, kochte daraus eine blaue Suppe und sagte, es sei reine Kirschsuppe. Und so schmeckte sie auch.

Besuch aus Sibirien

An einem Sonntag kam ein fremder Mann auf den Moorhof. Man konnte denken, er sei ein Landstreicher, der etwas Brot erbetteln wollte, denn er sah ziemlich schmutzig aus, trug einen löcherigen Mantel und kaputte Schuhe.

Rex bellte ihn an. Der Mann blieb am Tor stehen, und als Tina aus dem Haus trat, fragte der Fremde, ob dies der Moorhof sei.

»Ich komme gerade aus Sibirien«, erzählte der Mann. »In einem Kriegsgefangenenlager habe ich mit einem Hermann Petersen zusammengelebt, der war Bauer auf dem Moorhof. Von ihm soll ich herzlich grüßen.«

Annas Mutter rannte aus dem Haus, eilte auf den Fremden zu und schüttelte seine Hand. Sie bat ihn einzutreten, führte ihn in die gute Stube, ließ ihn im schönsten Sessel sitzen, obwohl der Mann so schmutzig aussah.

Der Fremde erzählte von Annas Vater. Mit ihm hatte er in den russischen Wäldern Bäume gefällt, und abends vor dem Einschlafen hatten sie über zu Hause gesprochen, sein Freund am liebsten über den Moorhof, über seine Frau und seine Tochter Anna.

»Als ich aus dem Gefangenenlager entlassen wurde, bat er mich, in Moorhusen vorbeizuschauen und Grüße zu bestellen.«

Tina brachte Brot, Wurst und Käse auf den Tisch.

Während der Fremde aß, erzählte er von der Arbeit im Gefangenenlager, vom Schnee, der im Winter so hoch lag, dass sie morgens nicht aus dem Fenster blicken konnten.

»Viele Gefangene sind erfroren oder an Krankheiten gestorben, einige auch, weil sie Heimweh hatten.«

Auf einer großen Landkarte zeigte er, wo Sibirien liegt, so weit von Moorhusen entfernt wie Amerika. Dort an einem großen Strom, der ins Eismeer mündet, hatten sie gelebt.

»Wann kommen die anderen nach Hause?«, wollte Annas Mutter wissen.

Der Fremde zuckte mit den Schultern.

»Vielleicht morgen oder übermorgen oder erst in drei Jahren. Ich habe Glück gehabt, weil mir bei der Wald-

arbeit ein dicker Ast aufs Bein gefallen ist. Ein paar Wochen humpelte ich und konnte nicht arbeiten. Da haben sie mich nach Hause geschickt.«

Sein Zuhause lag auf der anderen Seite Deutschlands mitten in den Bergen. Den Abstecher nach Moorhusen hatte er gemacht, um die Nachricht von seinem Freund zu überbringen. Nun wollte er nach Hause wandern, um zu sehen, was der Krieg von seinem Dorf übrig gelassen hatte.

Annas Mutter beschenkte ihn mit Brot, Wurst und Eiern für den langen Weg. Gerade wollte sich der Fremde verabschieden, als es an die Tür klopfte. Frau Waschkun schaute herein.

»Ist es wahr, Sie kommen aus Russland?«, fragte sie. »Mein Mann ist auch in Russland. Er ist mittelgroß, hat schwarzes Haar und trägt den Vornamen Max. Sind Sie ihm vielleicht begegnet?«

Der Fremde schüttelte den Kopf.

»Russland ist so groß. Da gibt es viele Lager«, sagte er.

Nun fing Frau Waschkun an zu weinen.

»Es hätte ja sein können«, flüsterte sie.

Anna und Ingo liefen noch eine Weile neben dem Fremden her und hörten zu, was er von Russland erzählte. Von riesigen Wäldern, in denen man sich verirren konnte. Von dem großen Strom, der so breit war, dass niemand das andere Ufer sehen konnte. Als sie zurückkehrten, standen Annas Mutter und Frau Waschkun immer noch vor der Tür. Sie sprachen über ihre Männer, die in fernen Gefangenenlagern lebten, und über den Fremden, der so heruntergekommen ausgesehen hatte wie ein Landstreicher.

»Vor ein paar Jahren sind die Soldaten noch in schmucker Uniform und mit Musik durchs Dorf marschiert«, sagte Annas Mutter. »Jetzt kommen sie elend und krank nach Hause.«

»Das macht nur der Krieg«, antwortete Frau Waschkun.

Sammeln wie die Eichhörnchen

»Wozu sammelst du Eicheln?«, fragte Anna. »Die kann doch keiner essen.«

»Für die Schweine sind Eicheln ein Leibgericht«, antwortete Ingo.

Am Kirchplatz lag er auf den Knien und sammelte Eicheln, die von den Bäumen gefallen waren, in einen Wassereimer. War der Eimer voll, kippte er die Eicheln den Schweinen in den Trog und freute sich, wie die sich darüber hermachten.

»Davon bekommen die Schweine dicken Speck«, sagte Tina.

Weniger Spaß machte ihm das Bucheckernsammeln. Die Früchte der Buchenbäume sind so klein, dass man sie kaum im Gras finden kann.

»Sind die auch für die Schweine?«, wollte Anna wissen.

Ingo schüttelte den Kopf.

»Wenn man Bucheckern auspresst, kommt Öl heraus, und mit Öl kann meine Mutter Kartoffeln braten.«

Ingo brachte die Kanne voller Bucheckern zu Krämer Lottermann. Der gab ihm tatsächlich ein kleines Fläschchen mit der Aufschrift »Speiseöl«.

Und dann waren da noch die Kastanien. Am Weg zur Mühle standen alte Kastanienbäume. Im Herbst platzte die Schale der Kastanienfrucht, und die braunen Kastanien fielen zur Erde. Waren nicht genug Kastanien heruntergefallen, warf Ingo einen Stock in die Baumkrone. Dann purzelten sie zur Erde. Manchmal kletterte er auch hinauf und schüttelte.

Kastanien konnte man nicht essen. Ingo gab sie auch nicht den Schweinen, obwohl die sicher ihre Freude daran gehabt hätten. Nein, er bohrte mit einem Nagel Löcher in die Kastanien. Durch die Löcher zog er einen Bindfaden, und fertig war eine richtige Halskette aus braunen Kastanien. Die erste Kette schenkte er Anna, dann bekamen Tina, Annas Mutter und Frau Waschkun Kastanienketten. Bald liefen alle auf dem Moorhof mit Kastanienketten herum, sogar Rex bekam eine um den Hals gebunden. Nur der alte Fritz wollte von Kastanien nichts wissen. Ja, wenn er sie in der Pfeife hätte rauchen können, hätte er wohl auch welche gesammelt.

Pilzesammeln war noch schöner. Dazu mussten sie in den Wald gehen, denn Pilze fielen nicht von den Bäumen, sondern wuchsen aus der moorigen Erde.

»Es gibt auch giftige Pilze«, behauptete Ingo.

Um die rot leuchtenden Fliegenpilze machte er einen großen Bogen, auch die weißen Knollenblätterpilze ließ er lieber am Waldrand stehen. Nur Steinpilze, Butterpilze, Pfifferlinge und Maronen, die so braun aussahen wie Schokolade, sammelte er in seinen Korb. Frau Waschkun säuberte die Pilze und trocknete sie im Backofen.

»Im Winter kochen wir daraus Pilzsuppe«, schlug sie vor.

Für Anna war das Schönste am Pilzesammeln der Moorhusener Wald. Seine Blätter leuchteten braun, gelb und rot. Sie taumelten von den Bäumen, und Rex bellte die fallenden Blätter an, als wären es aufgeschreckte Vögel.

»Jetzt fehlen uns nur noch Haselnüsse«, sagte Ingo. »Die brauchen wir fürs Weihnachtsfest, Weihnachten ohne Haselnüsse ist fast gar nichts.«

Schon im Sommer hatte er sich die Büsche gemerkt, wo er im Herbst Haselnüsse ernten wollte. Er schwärmte davon, mindestens hundert Nüsse auf die Fensterbank zu legen, sie am Weihnachtstag mit dem Hammer aufzuschlagen und von morgens bis abends nur Nüsse zu essen. Aber daraus wurde nichts. Als sie zu den Haselnussbüschen kamen, fanden sie keine einzige Nuss mehr.

»Die haben bestimmt die Eichhörnchen geholt«, schimpfte Ingo. »Eichhörnchen sammeln nämlich auch für den Winter, und wenn man nicht aufpasst, schnappen sie einem die besten Sachen weg.«

»Also werden die Eichhörnchen mit deinen Haselnüssen Weihnachten feiern«, sagte Anna.

Kartoffelfeuer

Im Herbst gab es noch einmal schulfrei.

»Das sind die Kartoffelferien«, sagte Dusek und erklärte seinen Kindern, was es mit den Kartoffeln auf sich hatte.

»Vor vielen hundert Jahren wuchs die Kartoffelpflanze nur in Südamerika, und kein Mensch hat sich um sie gekümmert«, sagte er. »Spanische Seefahrer, die in Südamerika landeten, brachten ein paar Kartoffelknollen auf ihren Schiffen mit, pflanzten sie in einen Garten und wunderten sich, dass aus einer Knolle, die sie in die Erde gesteckt hatten, nach drei Monaten zehn Kartoffeln geworden waren. Einer probierte die Kartoffel. Da sie ihm schmeckte, pflanzte er noch mehr Kartoffeln und verbreitete sie in ganz Spanien. Bald kamen die Kartoffeln auch zu uns nach Deutschland, und nun wachsen sie in allen Gemüsegärten und auf den Feldern.«

Dusek behauptete, die Kartoffel sei so wichtig wie Brot.

»Also benehmt euch anständig zu der Kartoffel.«

Der alte Fritz war da anderer Meinung.

»Kartoffeln sind gut und schön«, sagte er, »aber ein ordentliches Stück Fleisch und eine kräftige Soße gehören auch dazu.«

Auch Tina mochte Butterkuchen lieber als Kartoffelbrei.

Nur Frau Waschkun sagte: »Ohne Kartoffeln wären wir auf der Flucht verhungert.«

Es ging also los mit der Kartoffelernte. Anna und Ingo fuhren mit Fritz aufs Feld, wo sie im Frühling die Kartoffeln gepflanzt hatten. Das Kartoffelkraut lag gelb und vertrocknet auf dem Acker. Unter dem Kraut fanden sie die Kartoffelknollen in der Erde.

»Am frühen Morgen ist Kartoffelsammeln am schlimmsten!«, schimpfte Tina. »Da bekommt man klamme Hände und kalte Füße.«

Sie fröstelten im kühlen Nebel, der vom Moor herüberwehte. Raureif lag auf dem Acker, Hans und Lotte stießen Dampf aus den Nüstern, als wären sie Lokomotiven.

Fritz spannte sie vor ein Gerät, das er Haspel nannte. Damit fuhr er die Furchen entlang. Die Haspel hob die Kartoffeln aus der Erde und warf sie auf den Acker. Gelb leuchtend lagen sie auf der schwarzen Moorerde.

Anna und Ingo sammelten die Kartoffeln in einen Korb. War der Korb voll, trugen sie ihn zum Rübenwagen und schütteten ihn aus. Fritz fuhr mit der Haspel wieder und wieder um das Feld und ließ neue Kartoffeln auf die Erde kullern. So ging es weiter, bis der Rübenwagen voll war. Anfangs bückten sie sich nach jeder Kartoffel, aber bald schmerzte ihnen der Rücken so sehr, dass sie lieber auf Knien über das Feld rutschten. Als Tina das sah, lachte sie.

»Da werdet ihr abends ordentlich schrubben müssen, denn mit moorschwarzen Knien darf keiner zu Bett gehen.«

Am Nachmittag, als der Wagen voller Kartoffeln war, harkte Fritz das vertrocknete Kraut auf einen Haufen.

»Jetzt kommt der größte Spaß«, sagte er.

Er steckte sich die Pfeife an. Als die brannte, hielt er die Flamme des Feuerzeugs unter das Kartoffelkraut. Erst brannte es nur an einer kleinen Stelle, aber bald stand der ganze Haufen in Flammen.

Eine Rauchwolke trieb über die Felder zur Straße hin auf die Häuser zu, der Qualm verdunkelte sogar den Moorhusener Kirchturm.

»Unsere Feuerwehr denkt bestimmt, der Wald brennt«, sagte Tina. »Sollte mich gar nicht wundern, wenn sie mit Ta-tü-ta-ta angefahren kommt.«

»Geht mal etwas weiter weg vom Feuer, sonst verbrennt ihr euch die Haare«, sagte Fritz zu Anna und Ingo.

Ingo nahm Anlauf. Er rannte, so schnell er konnte, sprang mit einem gewaltigen Satz über das brennende Kartoffelkraut und war verschwunden. Anna dachte, er wäre ins Feuer gefallen, aber Ingo tauchte hustend aus der Rauchwolke auf und rieb sich die geröteten Augen.

»Das war ganz schön mutig«, lobte der alte Fritz. »Kleine Mädchen sollten lieber nicht übers Feuer springen«, sagte er zu Anna. »Wenn du Rauch in die Augen bekommst, musst du einen ganzen Tag lang weinen.«

Viel später, als das Feuer niedergebrannt war und nicht mehr räucherte, sprang auch Anna über das Feuer.

Bevor sie nach Hause fuhren, wollte Fritz noch Bratkartoffeln essen. Mit seinem Taschenmesser schnitt er Stöcke aus dem Busch. Auf jeden Stock spießte er eine Kartoffel und legte sie in die Glut. Anna und Ingo mussten sich neben das Feuer setzen und die Kartoffelstöcke bewachen. Nach einer Viertelstunde zogen sie sie aus der Glut. Die Kartoffeln sahen pechschwarz aus, aber

unter der verbrannten Schale kam weißer, mehliger Kartoffelbrei zum Vorschein. Sie aßen die Kartoffeln so, wie sie aus der Erde gekommen waren, ohne Salz und Butter, und sie schmeckten wirklich nach Moorerde.

»Ihr habt ganz schön geräuchert«, sagte Annas Mutter, als sie mit dem vollen Kartoffelwagen nach Hause kamen. Die Kleider und Haare rochen nach Rauch, das ganze Haus, die Speisekammer, ja sogar die Schlafstube waren verräuchert.

»Wie ein Schornsteinfeger siehst du aus!«, schimpfte Tina, als sie anfing, Annas moorschwarze Knie und die verrußten Arme und Hände sauber zu schrubben.

Am nächsten Tag ging es weiter mit der Kartoffelernte. Vom Feuer war nur ein großer Aschenhaufen übrig geblieben, aber nachmittags zündete Fritz ein neues Kartoffelfeuer an. Diesmal trieb der Wind den Rauch nicht ins Dorf, sondern zum Moorhusener See.

»Die weißen Schwäne werden von dem vielen Rauch bestimmt ganz schwarz«, sagte Anna.

Am Nachmittag gab es wieder Bratkartoffeln. Und wieder wurden Anna und Ingo schwarz wie die Schornsteinfeger.

Am letzten Tag der Kartoffelernte erlebten sie ein besonderes Schauspiel. Aus dem Dorf kamen viele Leute mit Körben, Eimern, Säcken, Hacken und Spaten. Sie versammelten sich am Feldrand und warteten darauf, dass Fritz mit der letzten Fuhre den Acker verließ. Dann stürmten sie aufs Feld, hackten und gruben nach den Kartoffeln, die auf dem Acker vergessen worden waren. Über jede Kartoffel, die sie fanden, freuten sie sich. Es dauerte nicht lange, da hatten die vielen Menschen den Mooracker noch einmal umgewühlt.

Nach Hause

Ingos Mutter ging jeden Sonntag in die Kirche. Dort traf sie viele Bekannte, die auch als Flüchtlinge nach Moorhusen gekommen waren. Nach dem Gottesdienst standen sie auf dem Kirchplatz, sprachen von ihrem Zuhause, über die Flucht und die vielen Männer, die immer noch in Kriegsgefangenschaft lebten.

Einmal kam sie aufgeregt aus der Kirche und nahm Ingo in den Arm.

»Stell dir vor!«, rief sie. »Die Flüchtlinge sollen noch vor Weihnachten nach Hause fahren. Das haben die Regierungen beschlossen, weil es nicht mehr auszuhalten ist, dass sich so viele Menschen in der Welt herumtreiben und nicht wissen, wo sie hingehören.«

Für Ingo war das keine freudige Nachricht. Er hatte sich an Moorhusen gewöhnt, an Rex, die Pferde, die Kaninchen und an Anna, mit der er in die Schule ging. Er wollte lieber auf dem Moorhof bleiben.

»Zu Hause kann doch keiner leben, weil alle Häuser verbrannt sind«, sagte er zu seiner Mutter.

Daran hatte sie überhaupt nicht gedacht. Sie stellte sich ihr Zuhause so schön vor, wie es früher gewesen war, erzählte von dem kleinen Haus, dem Garten mit Blumen und Apfelbäumen und sah rundherum Kornfelder und Wiesen, auf denen Kühe grasten.

»Und das Schönste ist, dass die hohen Herren uns in Eisenbahnzügen mit gepolsterten Sitzen reisen lassen werden«, freute sie sich. »Die Fahrt wird nicht drei Monate dauern, sondern nur drei Tage. Unterwegs werden wir uns die schöne Landschaft anschauen, und immer wenn der Zug hält, gibt es warme Suppe.«

Frau Waschkun fing gleich an zu packen, als sollte es schon morgen losgehen.

»Warum bist du so traurig?«, fragte Anna.

»Ich habe keine Lust, in einem Eisenbahnzug mit gepolsterten Sitzen nach Hause zu fahren«, antwortete Ingo.

Da wurde auch Anna traurig. Sie stellte sich vor, als einziges Kind auf dem Moorhof zu leben, allein mit Rex über die Felder zu wandern und ohne Ingo in die Schule zu gehen.

»Wenn Ingo uns verlässt, möchte ich mit ihm fahren«, sagte sie zu ihrer Mutter.

Die lachte nur und nahm Anna in den Arm.

»Was soll ich deinem Vater sagen, wenn er nach Hause kommt und dich nicht findet?«

Annas Mutter glaubte nicht, dass die vielen Flüchtlinge wirklich nach Hause fahren durften.

»Das ist bestimmt ein Gerücht«, sagte sie. »Die können gar nicht nach Hause reisen. Wo sie gelebt haben, wohnen jetzt andere Menschen, die eine fremde Sprache sprechen. Ich denke, die Flüchtlinge werden immer bei uns bleiben.«

»Nehmt ihr mich mit?«, fragte Anna Frau Waschkun.

Die überlegte eine Weile, bevor sie sagte: »Sehr gern, Anna, aber vielleicht wäre es besser, du lässt uns vorausfahren. Wir räumen alles auf, richten uns ein, und im nächsten Jahr, wenn Ostern oder Pfingsten ist, kommst du uns besuchen.«

Nun fing auch Anna an zu packen, steckte ihre Lieblingspuppe und den Teddybär in eine Tasche, nahm Handschuhe mit und ihre Pudelmütze.

»Gefällt es dir nicht mehr bei uns?«, fragte Tina. »Ich wäre sehr traurig, wenn es keine Anna mehr auf dem Moorhof gäbe. Auch den Pferden, unserem Rex und den Hühnern würde es nicht gefallen.«

»Und wer füttert die Kaninchen?«, polterte der alte Fritz los. »Denkt ihr etwa, ich laufe jeden Morgen mit dem Korb über die Wiesen, um Kaninchenfutter zu pflücken? Nein, Anna, du musst hier bleiben und dich um die Kaninchen kümmern.«

Am nächsten Sonntag kam Frau Waschkun aus der Kirche, setzte sich in ihre Stube und weinte.

»Es war alles gelogen«, klagte sie. »Sie haben gar keine gepolsterten Eisenbahnzüge, um die vielen Flüchtlinge nach Hause zu bringen. Wir müssen hier bleiben, solange wir leben.«

Die Suppe aus Amerika

»Morgen muss jeder einen Teller und einen Löffel mitbringen, morgen gibt es Schulspeisung«, sagte Lehrer Dusek.

Das hatte es in Moorhusen noch nie gegeben, Mittagessen in der Schule.

»Die Suppe kommt aus Amerika«, erklärte Dusek. »Die Menschen dort haben gehört, dass es hier so viele Flüchtlinge gibt, die kaum etwas zu essen haben. Also sammelten sie Mehltüten, Kekse und Kakao, verpackten die schönen Dinge in große Kisten und schickten sie mit dem Schiff rüber, damit die Kinder satt werden.«

Suppe in der großen Pause! Das fand Ingo so toll, dass er gern in die Schule ging und den nächsten Morgen gar nicht abwarten konnte. Er nahm keinen Teller mit, sondern ein kleines Eimerchen, weil er dachte: Je größer das Gefäß ist, desto mehr Suppe bekomme ich.

Anfangs geschah gar nichts. Sie packten ihre Teller, Schüsseln und Eimerchen unter die Bank und schlugen ihre Lesebücher auf. Ab und zu klapperte einer mit dem Löffel, worüber alle lachten. Aber dann, kurz vor der Zehn-Uhr-Pause, bog ein kleiner Wagen, von zwei schwarzen Ponys gezogen, auf den Schulhof. Der Kutscher, ein alter Mann, hielt mit der linken Hand die Leine, die rechte schwang eine Peitsche. Hinter ihm auf dem Wagen stand ein silbergrauer Kessel, der so aussah wie der, in dem Tina Wäsche kochte. Der Kutscher bimmelte mit einer Glocke. Das war das Zeichen für die Kinder, sich einen Teller Suppe zu holen.

»Immer der Reihe nach«, befahl Dusek.

Sie mussten sich mit ihren Tellern und Schüsseln aufstellen, erst die Mädchen, dann die Jungs. Ingo fand das ungerecht, aber Dusek sagte, die Jungs hätten mehr Kraft und würden die Mädchen wegschubsen. Deshalb müssten die Mädchen zuerst ihre Suppe bekommen.

Der Kutscher band die Ponys an den Lindenbaum, kletterte auf den Wagen und schlang eine Schürze um den Leib. Dann hob er den Deckel vom Kessel. Eine mächtige Dampfwolke quoll heraus, plötzlich roch es wie Weihnachten. Der Mann schwang eine Schöpfkelle, tauchte sie in den Kessel, und was kam zum Vorschein? Eine braune Suppe, so dick und pampig wie der Brei, den Tina den Schweinen in den Futtertrog schüttete.

»Das ist Schokoladensuppe!«, rief der Mann. Er behauptete, die Kinder in Amerika hätten Schokolade von den Schokoladenbäumen gepflückt, in kleine Stücke geschnitten und nach Moorhusen geschickt, wo er sie in die Suppe gerührt habe.

Jedes Kind bekam eine Schöpfkelle voll. Sie standen auf dem Schulhof herum und löffelten ihre Suppe. In die Klasse ließ Dusek sie nicht, weil er Angst hatte, sie würden die Bänke und Hefte bekleckern.

Es war ein Festessen. Die Kinder leckten ihre Teller aus, wovon sie braun beschmierte Schokoladengesichter bekamen.

Ingo, der als Erster fertig war, holte sich aus dem Suppenkessel einen kleinen Nachschlag. Sie aßen so lange, bis der Kessel leer war.

»Morgen gibt es Erbsensuppe!«, rief der Kutscher, als er mit dem Ponywagen und dem leeren Kessel davonfuhr.

»So wie ihr ausseht, geht Schule überhaupt nicht«, behauptete Dusek. Er schickte alle Kinder zur Pumpe. Da mussten sie Gesicht und Hände waschen und auch die Teller und Löffel abspülen.

»Jetzt schreiben wir einen Brief an die Kinder in Amerika«, erklärte Dusek zu Beginn der nächsten Stunde.

Auf einen Bogen Papier sollte jeder einen Satz schreiben: Dass die Suppe gut geschmeckt hat, dass sie noch mehr Suppe vertragen könnten, dass die Moorhusener Kinder Amerika besuchen möchten. Ingo schrieb, er würde gern auf einen Schokoladenbaum klettern und so viel Schokolade essen, bis er mit einem dicken Bauch herunterplumpste.

Den allerletzten Satz schrieb Dusek selbst. Er teilte mit, dass die Moorhusener Kinder, wenn sie groß seien, auch für andere hungernde Kinder Essen sammeln würden. Und wenn es in Amerika einmal eine Hungersnot geben sollte, würden sie die schönen Moorhusener Moorkartoffeln rüberschicken.

»Irgendwo auf der Welt gibt es nämlich immer Hunger«, erklärte Dusek. »Wenn wir satt sind, hungern sie anderswo.«

Er fuhr mit Spucke über den Briefrand, klebte den Brief zu und schickte Ingo mit fünf Mark zur Poststelle. Er sollte Briefmarken kaufen und die Nachricht von der Schokoladensuppe an die amerikanischen Kinder über den Ozean schicken.

Wem gehört der Wald?

Im November tobte ein schwerer Sturm über Moorhusen. Er riss die letzten Blätter von den Bäumen, fast hätte er der Windmühle einen Flügel abgebrochen und die Wetterfahne von der Kirchturmspitze geweht.

»Es wird Zeit, Holz zu ernten«, sagte Frau Waschkun, nachdem das Unwetter vorüber war. Sie meinte die Äste, die der Sturm von den Bäumen gerissen hatte. Die sollte Ingo aus dem Wald holen, damit sie im Winter genug Brennholz hatten. Der kleine Handwagen, mit dem sie nach Moorhusen gekommen waren, sollte als Holzfuhre dienen. Ingo und Anna zogen mit ihm in den Wald, wo sie wirklich viele Äste fanden, die der Sturm von den Bäumen gerissen hatte. Sie waren aber nicht die einzigen Holzsammler, auch die anderen Flüchtlinge schleppten Holz zusammen. Wer keinen Handwagen besaß, schnürte das Holz zu einem Bündel und trug es auf dem Rücken nach Hause. Tina lachte über den komischen Holzträger.

»Der sieht ja aus wie der Mann im Mond!«, rief sie.

»Die Flüchtlinge fegen den Wald aus«, meinte der alte Fritz. »Wenn sie alles aufgesammelt haben, sieht unser Wald aus wie die gute Stube einen Tag vor Weihnachten.«

Sie sammelten den ganzen Nachmittag. Als ihre Karre voll war, setzten sie sich unter einen Baum, um die Marmeladenbrote zu essen, die Tina den Waldarbeitern mitgegeben hatte. Plötzlich kam ein Jagdhund angelaufen, blieb vor ihnen stehen und bellte böse. Ingo griff nach einem Stock, um sich zu wehren. Aber der Hund wollte sie gar nicht beißen, er bellte nur. Es dauerte nicht lange, da erschien ein Mann im grünen Mantel, der hatte eine Flinte auf dem Rücken.

»Das ist der Förster«, flüsterte Anna.

»Habt ihr einen Sammelschein?«, fragte er streng.

Davon hatten sie noch nie gehört, dass jemand, der im Wald heruntergefallenes Holz aufsammeln will, einen Schein braucht.

»So sind die Vorschriften«, sagte der Förster. »Ein Holzsammler muss einen Sammelschein haben. Der kostet eine Mark und wird in der Försterei ausgestellt. Auch für Pilze und Blaubeeren braucht man einen Schein. Wer ohne Schein sammelt, ist ein Dieb.«

Ingo krempelte seine Hosentaschen um, fand darin natürlich keinen Sammelschein und keine Mark. Ihm kam das mit dem Sammelschein auch ziemlich komisch vor.

»Ohne Sammelschein dürft ihr das Holz nicht mitnehmen«, erklärte der Förster.

Ingo setzte sich trotzig auf die Holzfuhre. Er tat so, als könnte er es dort bis zum Abend aushalten und sogar im Wald übernachten. Anna weinte.

»Wie heißt ihr?«, fragte der Förster. Er holte Papier und Bleistift aus der Manteltasche, um ihre Namen aufzuschreiben.

»Wenn ihr morgen in die Försterei kommt und jeder eine Mark mitbringt, dürft ihr das Holz behalten.«

Anna versprach es, aber Ingo saß wütend auf seinem Holzhaufen. Er blickte hinauf zu den Bäumen, als suche er dort oben Sammelscheine oder Markstücke.

»Also bis morgen«, sagte der Förster, bevor er mit seinem Hund im Wald verschwand.

Ziemlich bedeppert zogen sie mit der Holzfuhre nach Hause. Ingo schimpfte auf den Förster, der sich so angestellt hatte. Anna hatte große Angst, ins Gefängnis zu kommen, wenn sie dem Förster nicht das Geld brächten. Sie lief zu ihrer Mutter und erzählte ihr, was vorgefallen war. Die gab ihr eine Mark, damit rannte sie noch am gleichen Abend zur Försterei, um ihre Schulden zu bezahlen. Ingo sagte, er werde niemals die verdammte Försterei betreten. Geld sollte der Förster auch keines bekommen, einfach deshalb, weil Ingo kein Geld hatte. Er hielt es auch für ungerecht, für das heruntergefallene Holz Geld zu verlangen.

»Der Wald gehört allen Menschen und nicht dem Förster allein«, schimpfte er.

Die laute Stadt und der Bahnhof

»Ich muss Kunstdünger vom Bahnhof in der Stadt holen«, sagte der alte Fritz, als Anna und Ingo aus der Schule kamen. »Wenn ihr mitkommen wollt, muss es gleich losgehen, damit wir noch bei Tageslicht wieder zu Hause sind.«

Sie warfen ihre Schultaschen in die Ecke und vergaßen sogar das Mittagessen.

»Ein bisschen fein müsst ihr euch schon machen«, erklärte Fritz. »Kinder, die Löcher in den Strümpfen und Holzklumpen an den Füßen haben, werden gar nicht in die Stadt gelassen. Auch barfuß darf keiner die Stadt betreten.«

Sie zogen sich warm an, und dann ging es los. Hans und Lotte vor dem Wagen, hinter ihnen eine Staubwolke, aus der nur der Kirchturm herausragte.

»Ich bin schon einmal auf dem Bahnhof gewesen«, sagte Ingo. »Dort hielt der Eisenbahnzug, mit dem wir damals ankamen. Vom Bahnhof gingen wir zu Fuß nach Moorhusen.«

Die Stadt sah anders aus als die Städte, die Anna von den Bilderbüchern her kannte. Im Krieg waren Flugzeuge gekommen und hatten Bomben auf die Stadt geworfen. Viele Häuser waren zerstört, die ausgebrannten Ruinen lagen neben der Straße.

»Wie gut, dass wir in Moorhusen leben«, sagte der alte Fritz, als sie an den Trümmern vorbeifuhren.

Ingo mochte Städte nicht leiden. Auf ihrer Reise hatten die Flüchtlinge viele Städte gesehen, aber alle waren zerstört. So eine Stadt war Ingo auch viel zu laut. Überall klapperten Wagen, Autos hupten, Radfahrer bimmelten. Auf den Straßen liefen so viele Menschen herum, man musste aufpassen, dass sie einen nicht anrempelten. In Moorhusen war das ganz anders. Da konnte einer stundenlang durchs Moor wandern, ohne einen Menschen zu treffen. Da sangen nur die Vögel, das Schilf raschelte, die Bienen summten, und wenn am Sonntagmorgen die Kirchenglocken läuteten, war das das Lauteste, was man sich in Moorhusen vorstellen konnte.

Fritz hielt sich nicht lange mit der zerstörten Stadt auf, sondern fuhr gleich zur Rampe des Güterbahnhofs.

»Haltet die Pferde fest«, sagte er. »Ich muss ins Bahnhofsbüro und den Kunstdünger bezahlen. Wenn ein Zug einlaufen sollte, müsst ihr Hans und Lotte beruhigen. Pferde sind nämlich sehr schreckhaft, das Heulen einer Lokomotive, das Rollen der Räder, das Zischen aus den Dampfkesseln jagt ihnen Angst ein.«

Sie gingen nach vorn, redeten mit den Pferden und hielten sie am Zügel fest.

»Stell dir vor, unsere Pferde gehen durch«, sagte Ingo. »Die galoppieren auf den Schienen davon und der Wagen holterdiepolter hinterher.«

»Und dann kommt ihnen ein Zug entgegen und fährt Hans und Lotte tot«, jammerte Anna.

Nur gut, dass Fritz bald zurückkehrte und sie von ihrer Angst erlöste. Er fuhr zu einem abseits stehenden Güterwagen, der voll beladen war mit gefüllten Papiersäcken.

»Da drin ist Kunstdünger«, erklärte Fritz. »Davon nehmen wir zehn Säcke mit nach Moorhusen.«

»Wozu braucht man Kunstdünger?«, wollte Anna wissen.

»Jeder Acker wird müde, wenn du immer nur säst und erntest. Am Ende wächst gar nichts mehr, nur noch das Unkraut. Deshalb muss Dünger aufs Feld. Kuhmist ist gut und Pferdemist noch besser. Wenn das nicht reicht, muss man Kunstdünger kaufen. Im Frühling ein paar Säcke Kunstdünger aufs Feld gestreut, davon wächst der Hafer so hoch, dass Rex sich darin verstecken kann, die Rüben werden groß wie Kinderköpfe und die Kartoffeln dick wie Männerfäuste.«

Während Fritz den Kunstdünger auflud, streunten sie über den Bahnhof. Sie zählten die Gleise, sprangen von einer Schiene zur anderen, buchstabierten die Städtenamen, die auf die abgestellten Eisenbahnwagen gemalt waren. Hamburg stand da und Frankfurt, München und Berlin.

»Wenn es den Ozean nicht gäbe, könnten wir mit der Eisenbahn nach Amerika fahren und die Kinder besuchen, die uns die Schokoladensuppe geschickt haben«, sagte Ingo.

Sie fanden die Stelle, an der Ingo damals angekommen war. Auf einem Abstellgleis standen noch die alten Güterwagen. Ingo zeigte Anna den Wagen, in dem er gelebt hatte. Sogar das Guckloch in der Wand war noch da, durch das er sich die Landschaft vom fahrenden Zug aus angesehen hatte.

Anna fand es schön, so lange mit der Eisenbahn spazieren zu fahren.

»Nein, das war schrecklich«, behauptete Ingo. »Über

fünfzig Menschen saßen in jedem Wagen, darunter viele Kinder, von denen eines immer weinte. Die Kranken stöhnten, die alten Leute schnarchten, zu essen gab es wenig, und nachts wurde es so kalt, dass einem die Zähne klapperten.«

Während sie über Ingos sonderbare Eisenbahnfahrt sprachen, lief auf dem Nebengleis ein Zug ein. Er machte einen solchen Lärm, dass sie sich die Ohren zuhalten mussten. Fritz hielt die Pferde fest, damit sie nicht durchgingen und mit dem Zug um die Wette liefen.

»Es wird Zeit, dass wir verschwinden«, brummte Fritz.

Voll beladen mit Kunstdüngersäcken rumpelte der Wagen auf die Straße. An der Bahnhofsgaststätte hielt Fritz an.

»Wir wollen uns ein bisschen stärken«, sagte er, band die Pferde an einen Lindenbaum und nahm Anna und Ingo mit in den Schankraum. Dort bestellte er für jeden ein Glas gelbe Limonade und für sich ein Bier mit viel Schaum. Als Fritz das Bier trank, bekam er einen weißen Bart.

Die Heimfahrt dauerte länger, weil Hans und Lotte nun auch die vielen Kunstdüngersäcke ziehen mussten und deshalb nicht so schnell laufen konnten. Damit die Pferde es leichter hatten, gingen Anna und Ingo zu Fuß hinter dem Wagen.

»Reisen macht hungrig«, empfing Tina die beiden in der Küche. Sie hatte ihnen eine große Pfanne Kartoffeln gebraten.

In der Hexenküche

Frau Waschkun fragte Annas Mutter, ob sie den großen Kessel in der Waschküche benutzen dürfe. Nicht zum Kleiderwaschen, nein, sie brauchte den Kessel zum Sirupkochen.

Sirupkochen fing so an, dass Ingos Mutter zwei Säcke Rüben in die Waschküche trug. Sie hatte die Rüben auf den abgeernteten Feldern gesammelt. Auch wenn die Bauern vom Acker nach Hause gefahren und beim Holpern über das Pflaster einige Rüben vom Wagen gefallen waren, hatte Frau Waschkun sie aufgesammelt.

Als Erstes wusch sie die Rüben unter der Hofpumpe. Sie schrubbte den Dreck ab, bis sie blank aussahen. Dann zerhackte sie sie mit einem Beil und warf die Stücke in den großen Kessel.

Das Rübenkochen dauerte vom frühen Morgen bis zum Mittag. Frau Waschkun musste immer im Kessel rühren, damit die Rüben nicht anbrannten.

»Geht bloß nicht in die Hexenküche!«, rief Tina, als Anna und Ingo aus der Schule kamen.

Vorsichtig schauten sie durch den Türspalt. Eine Dampfwolke schlug ihnen entgegen, mitten im Dampf am großen Kessel stand Frau Waschkun. Sie hatte ein Tuch um den Kopf gewickelt, eine Schürze um den Leib gebunden und rührte und rührte.

»Du kommst mir gerade recht!«, rief sie Ingo zu.

»Lauf schnell auf den Hof und hole Holz, damit das Feuer nicht ausgeht.«

Das fängt ja gut an, dachte Ingo.

»Wir haben so viele Schularbeiten auf«, sagte er.

»Ach, die Schularbeiten können warten, Rübenkochen ist wichtiger«, antwortete seine Mutter.

Nachdem er Holz geholt hatte, bekam Ingo eine Schürze umgebunden und ein Tuch um den Kopf gewickelt.

»Du musst mir helfen«, sagte Frau Waschkun. »Allein schaffe ich das nicht.«

Er schämte sich ein bisschen, weil er mit der Schürze und dem Tuch wie ein Mädchen aussah. Tina wird dich bestimmt auslachen, dachte er.

Anna, die auch mithelfen wollte, blickte über den Rand des Kessels.

»Das wird etwas Süßes«, sagte Frau Waschkun. »Schmeckt wie brauner Honig. Wenn der Sirup fertig ist, bekommst du auch eine Portion zum Probieren.«

Die gekochten Rübenstücke wickelte Frau Waschkun in ein Handtuch. Auf einem Waschbrett fing sie an zu pressen und zu drücken, bis der Rübensaft heraustropfte. Ingo bekam auch ein Handtuch voller Rübenstücke und musste sie auspressen.

Der Saft sah grau und hässlich aus, aber Frau Waschkun behauptete, darin stecke das Wichtigste, nämlich der süße Zucker.

Sie pressten und pressten den ganzen Nachmittag. Danach goss Frau Waschkun den Rübensaft in den großen Kessel und zündete wieder das Feuer an.

»Jetzt kannst du Schularbeiten machen«, sagte sie zu Ingo. »Aber nach einer Stunde musst du wiederkommen, ich brauche dich zum Rühren.«

Ingo war von der Presserei in der dampfenden Waschküche so müde, dass er bei den Schularbeiten einschlief und Anna sie für ihn erledigen musste.

In der Waschküche nahm es immer noch kein Ende. Der graue Saft fing an zu kochen, im Kessel blubberte und brodelte es. Frau Waschkun stand daneben und rührte mit einem armlangen Holzstock in der schmutzigen Brühe.

»Ist die Hexenküche immer noch nicht fertig?«, rief Tina.

»Wir kochen so lange, bis das Wasser verdampft ist und nur der dicke Sirupbrei übrig bleibt«, sagte Ingos Mutter. »Einer muss immer rühren, damit der Brei nicht ansetzt.«

Ingo und seine Mutter wechselten sich beim Rühren ab. Es war eine furchtbar langweilige Arbeit, diese Rumrührerei in dem Kessel. Aus Angst, sie könnte beim Rühren einschlafen, fing Frau Waschkun an, Lieder zu singen, erst Frühlings- und Sommerlieder, dann Weihnachtslieder. Als sie damit durch war, begann sie wieder von vorne.

Am späten Abend wurde es still in der Waschküche. Ingos Mutter saß auf dem Stuhl neben dem Kessel, sie war eingeschlafen. Das Rührholz war ihr aus der Hand geglitten, es steckte im weichen Sirupbrei.

»Lieber Himmel, nun ist alles angebrannt!«, jammerte sie.

Anna und Ingo hängten ihre Nasen über den Kesselrand und entdeckten unten einen dunkelbraunen Brei. Frau Waschkun steckte einen Finger hinein und leckte ihn ab. Anna und Ingo durften auch probieren. Der braune Brei schmeckte wirklich wie süßer Honig.

Frau Waschkun holte Gläser, Blechdosen und Töpfe. Da hinein schöpfte sie den Sirup.

»Wenn man bedenkt, wie viele Rüben ich gesammelt habe und dass der Waschkessel halb voll war mit grauem Saft, ist am Ende nicht viel übrig geblieben«, sagte sie. »Sechs Liter Sirup! Das muss reichen, um im Winter etwas aufs Brot zu streichen.«

Am Schluss durfte Ingo den Kessel auslecken. Danach sah er aus, als wäre er in einen Honigtopf gefallen. Sein Gesicht, die Hände, sogar die Haare waren verklebt mit dem braunen Zeug.

Seine Mutter arbeitete noch bis Mitternacht in der Waschküche. Sie musste nämlich den Kessel schrubben, denn Tina wollte am nächsten Tag Bettwäsche und Tischtücher darin kochen, und es hätte doch sonderbar ausgesehen, wenn die weiße Bettwäsche sirupbraun geworden wäre. Nach dieser Arbeit schlief Frau Waschkun in der Waschküche ein und wachte erst morgens auf, als Tina zum Melken in den Stall ging.

Zum Frühstück bekam Ingo ein Stück Brot mit Quark und draufgeträufelt einen Löffel frischen Sirup.

»Sirup brauchen wir auch zum Pfefferkuchenbacken«, sagte Frau Waschkun. »In vier Wochen ist Weihnachten, und Weihnachten ohne Pfefferkuchen ist gerade so wie Ostern ohne Ostereier, ein Winter ohne Schnee oder ein Sommer ohne Sommerferien.«

Auf dem Eis

Drei Wochen vor Weihnachten kam der Winter nach Moorhusen. An Annas Fenster blühten Eisblumen, an der Hofpumpe hing ein langer Eiszapfen, und die Pfützen auf den Wegen bekamen eine dünne Eisschicht.

»Kinder, Kinder, wie ist es kalt geworden!«, rief Tina und rannte von Stube zu Stube, um die Öfen kräftig einzuheizen.

Für den Schulweg wurde Anna in einen dicken Mantel gemummelt, ihre Mutter wickelte ihr einen Schal um den Hals, setzte ihr eine Pudelmütze auf den Kopf und zog ihr zwei paar Handschuhe an. Ingo besaß nur die Kleidung, die er immer trug, und bibberte ganz schön. Seine nackten Hände vergrub er in den Hosentaschen, bis Anna ihm ein Paar Handschuhe abgab.

Auf dem Schulweg warfen sie mit Schneebällen. Vor Bäcker Fiedebums Laden stand ein Schneemann mit roter Mohrrübennase und schwarzen Kohlenaugen. Der Schneemann, der sie auf dem Schulhof empfing, besaß große Ähnlichkeit mit Lehrer Dusek, er hatte auch einen Rohrstock in der Hand.

Im Klassenraum drängelten sich alle um den Kachelofen, den Dusek kräftig eingeheizt hatte, weil er wusste, wie durchfroren die Kinder sein würden.

»Mit euren klammen Händen könnt ihr keinen Bleistift halten«, schimpfte er. »Wir werden uns erst einmal warmsingen, oder ist euch auch der Mund zugefroren?«

Sie sangen Winterlieder vom Schneemann und von der Katze, die durch den Schnee läuft, von Schlittenfahrten und der Schneekönigin, und davon wurde ihnen wirklich warm. Dann lernten sie das Gedicht vom Büblein auf dem Eis, das sich vorwitzig auf den Teich wagte und dort einbrach und fast ertrunken wäre, hätte nicht ein Mann es aus dem eisigen Wasser gezogen. Mit diesem Gedicht wollte Dusek sie warnen, nicht zu leichtfertig aufs Eis zu laufen.

Wie die Kinder im Sommer zum See gezogen waren, um dort zu baden, gingen sie nun nach der Schule auf die Eisbahn. Anna nahm ihren Rodelschlitten und die Schlittschuhe mit. Sie saß auf dem Schlitten, Ingo musste ziehen. Als Ingo müde war, machten sie es umgekehrt. Die Flüchtlingskinder besaßen keine Schlitten, denn wer denkt schon daran, einen Schlitten mitzunehmen, wenn er auf die Flucht geht? Sie hatten auch keine Schlittschuhe, mit denen sie über das Eis laufen konnten. Sie kamen einfach nur so mit, um auf dem Eis zu glitschen.

Der See war tatsächlich zugefroren. Auf dem Eis lag eine dünne Schneeschicht und ließ den See aussehen, als hätte Tina ihr allerschönstes Tischtuch ausgebreitet. Sie fanden keine Spuren auf der weißen Fläche, nur ein paar Krähen waren vor ihnen über den See getrippelt.

»Wir sind die Allerersten, die über Tinas Tischtuch laufen dürfen«, jubelte Ingo.

Aber zunächst mussten sie prüfen, ob das Eis wirklich hielt. Ingo setzte erst einen Fuß aufs Eis, dann den anderen. Es knackte und knisterte, brach aber nicht. Vorsichtig ging er weiter.

Wenn er jetzt einbricht, steht er bis zum Hals im eisigen Wasser, dachte Anna und mochte gar nicht mehr hinschauen. Aber er brach nicht ein, er fing sogar an, auf dem Eis zu hüpfen und zu tanzen.

»Juchhe, ich bin der erste Mensch auf dem See!«, rief er.

Nun stürmten auch die anderen aufs Eis, schnallten ihre Schlittschuhe an, liefen um die Wette, fielen hin, rappelten sich wieder auf, zogen Kreise und Kurven. Ingo sah zu, wie Anna Schlittschuh lief. Sie hob das eine Bein, dann das andere und drehte sich im Kreis.

»Du bist ja eine richtige Eiskunstläuferin«, sagte Ingo. Er wäre auch gern gelaufen, aber seine Schlittschuhe lagen zu Hause unter Schutt begraben. Vielleicht hatten andere Kinder sie gefunden und liefen damit übers Eis.

Anna und Ingo wechselten sich mit den Schlittschuhen ab. Der eine setzte sich auf den Rodelschlitten und ließ sich von dem Schlittschuhläufer ziehen. Bis Ingo den Einfall hatte, Eishockey zu spielen. Aus einem Weidenbusch brach er lange Stöcke, das sollten die Hockeyschläger sein. Am Ufer fanden sie eine leere Blechdose, die sie als Puk über das Eis schossen. Als Torpfosten legten sie rote Pudelmützen in den Schnee, und immer, wenn ein Tor fiel, schrien sie so laut, dass die Krähen in den Bäumen am Seeufer einen Schreck bekamen und davonflogen.

Einer bekam doch noch nasse Füße, das war der kleine Iwan. Er setzte sich aufs Eis und brach mit der Spitze eines Schlittschuhs Eisstücke aus dem See. Die steckte er in den Mund und lutschte sie wie Bonbons. Er hackte immer weiter und merkte gar nicht, wie das Eis neben ihm nachgab und aus dem Loch Wasser sickerte.

Ehe er sich versah, brach eine Eisscholle ab, er rutschte ins Eisloch und fing jämmerlich an zu schreien. Zum Glück war der See an dieser Stelle so flach, dass er nur bis zum Bauch einbrach. Ingo schob Annas Schlitten ans Eisloch. Daran klammerte sich der kleine Iwan, sie zogen ihn aus dem Wasser aufs feste Eis. Oh, wie traurig sah er aus! Schuhe, Strümpfe und Hose pitschnass. Schlotternd stand er am Ufer, und jeder dachte, dass er bald zu einem Eiszapfen erstarren würde.

»Du musst laufen, sonst wirst du wirklich ein Eiszapfen!«, rief Ingo ihm zu.

Sie nahmen ihn in die Mitte und rannten mit ihm ins Dorf. Seine Mutter steckte ihn in eine Wanne mit warmem Wasser, damit er wieder auftaute. Vorher gab sie ihm einen Klaps auf den Hintern, denn sie war sehr böse, weil seine Kleider nass und schmutzig waren.

Am nächsten Tag kam der kleine Iwan nicht in die Schule. Auf dem Entschuldigungszettel schrieb seine Mutter: Mein Junge hat Fieber und Halsschmerzen.

»Das kommt davon, wenn einer im Winter zum Baden geht«, sagte Lehrer Dusek.

Eingeschneit

Auf dem Hof kratzte jemand laut mit der Schaufel. Ingo sprang aus dem Bett, um zu sehen, was da unten los war. Fritz stand bis zum Bauch im Schnee und schaufelte einen Weg vom Haus zum Stall.

Ingos erster Gedanke: Heute fällt die Schule aus! Er konnte sich nicht vorstellen, wie die Moorhusener Kinder durch die hohen Schneewehen die Schule erreichen sollten.

Das Dorf sah sonderbar aus. Die Straße überhäuft mit Schnee, kein Fuhrwerk weit und breit, auch keine Radfahrer oder Fußgänger unterwegs. Die Bäume mit Schnee überschüttet, auf dem Kirchendach Schnee, auch die Pumpe auf dem Moorhof war im Schnee ertrunken.

Und wo steckte die Hundehütte? An der Stelle, an der sie gestanden hatte, sah Ingo nur einen großen Schneeberg.

Er zog sich rasch an und lief auf den Hof, um dem alten Fritz beim Schaufeln zu helfen. Aber erst wollte er Rex aus seiner verschneiten Hundehütte befreien.

»Um den brauchst du dir keine Sorgen zu machen«, sagte Fritz. »Gestern abend, als das Schneetreiben anfing, hab ich ihn in den Kuhstall gebracht. Da liegt er warm und trocken.«

Sie schaufelten gemeinsam den Weg bis zum Stall frei, denn Fritz musste die Pferde und Kühe füttern. Rex kam aus dem Stall gesprungen, er tobte ausgelassen durch den Schnee.

»Willst du dich nicht fertig machen für die Schule?«, fragte Anna.

»Bei so einem Wetter gibt es keine Schule«, behauptete Ingo. »Es wird auch kein Briefträger kommen, kein Milchwagen fahren, und die Moorhusener Mühlenflügel werden das Drehen vergessen, weil sie mit Schnee beladen sind.«

Sie stellten sich vor, wie Dusek den Schulofen einheizt, sich vor die Tür stellt und auf die Kinder wartet. Aber es kommt keiner, weil Moorhusen im Schnee ertrunken ist.

Auch Fritz meinte, bei diesem Wetter jagte man keinen Hund vor die Tür und kein Kind in die Schule.

»Setzt euch in die warme Stube und spielt Mensch ärgere Dich nicht.«

Sie kletterten auf die Fensterbank, pusteten Gucklöcher in die befrorenen Scheiben und bewunderten das weiße Moorhusen. Aus den Schornsteinen stieg Rauch, woran sie sehen konnten, dass die Moorhusener tüchtig einheizten. Auf dem Kirchdach saßen Krähen und spektakelten so laut, dass es in der Stube zu hören war. Und dann kam da einer durch den Schnee gestapft. Es war Polizist Maschke, dessen schöne Uniform bis zum Bauch in der weißen Pracht steckte. Er pustete heftig, und alle paar Schritte blieb er stehen, um sich den Schweiß von der Stirn zu wischen.

»Der holt die Kinder ab, die heute die Schule geschwänzt haben«, sagte Tina.

Aber der Maschke dachte gar nicht daran. Er stapfte

vorüber, ohne einen Blick zur Fensterbank zu werfen, wo Anna und Ingo ihm nachschauten.

»Bestimmt will er einen Einbrecher verhaften, der im Schnee stecken geblieben ist«, meinte Ingo.

»Ho ... ho ...!«, meldete sich der alte Fritz. »Ich glaub, der Maschke will einen Schneemann ins Gefängnis bringen.«

Am Nachmittag bauten Anna und Ingo eine Schneehöhle, die so groß war wie Tinas Schlafkammer, auch zwei kleine Fenster hatte, aber kein Dach. Beim Einzug nahmen sie Rex mit, der am ganzen Körper zitterte und lieber im warmen Kuhstall geschlafen hätte. Vor die Schneehöhle bauten sie als Wachsoldaten einen Schneemann, der so dick war wie Dorfpolizist Maschke.

Die roten Handschuhe

In der Vorweihnachtszeit hielt vor dem Haus des Bürgermeisters ein Lastwagen, der mit Schuhen, Mänteln, Hosen, Pullovern und Jacken beladen war. Es waren gebrauchte Sachen, die andere Menschen irgendwo auf der Welt getragen hatten. Als sie hörten, dass die Flüchtlinge im Winter frieren mussten, sammelten sie Kleidungsstücke und schickten sie nach Moorhusen und in die anderen Dörfer und Städte. Nun stand er da, der Lastwagen, und der Bürgermeister musste die warmen Sachen verteilen.

Frau Waschkun lief gleich hin, um auch etwas abzubekommen. Sie brachte einen dicken Schal mit, Strümpfe und rote Wollhandschuhe, die Ingo bei der nächsten Schneeballschlacht gleich ausprobierte. Abends hängte er die nassen Handschuhe an den Küchenherd zum Trocknen. Mit Anna sprach er darüber, woher die Handschuhe wohl kämen, ob ein Kind in Schweden sie getragen hätte oder die Eskimos, die doch immer Handschuhe brauchten, weil es im Eskimoland so kalt ist.

»Aus Afrika kommen sie bestimmt nicht«, sagte der alte Fritz. »In Afrika ist es so heiß, da braucht kein Mensch Handschuhe.«

»Dummes Zeug!«, rief Tina. »Die Handschuhe kommen von den Schafen. Ein Schäfer in Australien oder Amerika hat seine Schafe geschoren, aus der Wolle dicke Fäden gesponnen, und eine Oma strickte aus den Wollfäden Handschuhe.«

»Bestimmt hat ein Mädchen die Handschuhe getragen«, sagte Anna. »Sie sind so rot wie Mädchenhandschuhe.«

Sie rätselten noch eine Weile herum, wie das Mädchen wohl ausgesehen und welchen Namen es getragen hatte. Sie würden ihm gern einen Brief schreiben, wussten aber seine Adresse nicht.

Am nächsten Tag ging es weiter mit den Geschenken. Lehrer Dusek verteilte am letzten Schultag vor Weihnachten an jedes Kind eine Tafel Schokolade. Er behauptete, die komme aus jener Gegend, in der sie auch die Schokoladensuppe erfunden hatten.

»Die Schokolade darf erst am Heiligen Abend gegessen werden«, befahl Dusek.

So lange konnte Ingo es nicht aushalten, für ihn fing der Heilige Abend schon auf dem Heimweg an. Er aß die ganze Tafel auf, behielt nur das Silberpapier übrig, das er zum Schmücken in den Tannenbaum hängen wollte.

Anna verwahrte ihre Schokolade unter dem Kopfkissen im Bett und wartete auf Weihnachten.

Auch der alte Fritz bekam ein Geschenk. In der Zeitung stand nämlich: Jeder Einwohner von Moorhusen, der über achtzehn Jahre alt ist, soll zum Fest Sondermarken für Tabak erhalten. Tina, Frau Waschkun und Annas Mutter rauchten nicht, also schenkten sie ihre Sondermarken dem alten Fritz. Der fühlte sich wie ein König, kaufte sofort den schönsten Virginiatabak und rauchte morgens um sieben die erste und abends um acht die letzte Pfeife.

Auch für Likör wurden Sondermarken zum Weihnachtsfest verteilt. Frau Waschkun tauschte ihre gegen Zuckermarken.

»Zucker ist wichtiger als Schnaps«, sagte sie.

Annas Mutter kaufte für ihre Marken eine Flasche mit goldgelber Flüssigkeit, die sie im Wäscheschrank versteckte.

»Wenn dein Vater nach Hause kommt, feiern wir Wiedersehen«, sagte sie zu Anna, »und dafür braucht man ein Gläschen Likör.«

Der gestohlene Weihnachtsbaum

Zwei Tage vor Weihnachten brachte ein Waldarbeiter einen Tannenbaum auf den Moorhof. Annas Mutter hatte ihn beim Förster bestellt und mit einem Stück Räucherspeck bezahlt. Fritz besichtigte den Baum von allen Seiten. Er fand ihn gut gewachsen, trug ihn in die Scheune, wo er bis zum Heiligen Abend warten sollte.

»Wir feiern ohne Tannenbaum«, sagte Frau Waschkun zu Ingo. »Ich habe nichts, womit ich einen Baum beim Förster bezahlen könnte. Unsere Stube ist auch viel zu klein, um einen Baum aufzustellen.«

Das gefiel Ingo gar nicht. Solange er denken konnte, hatten sie zum Weihnachtsfest einen Tannenbaum gehabt. Warum sollte das in Moorhusen anders sein?

»Kommst du mit in den Wald?«, fragte er Anna und tat sehr geheimnisvoll, als hätte er im Wald einen Schatz vergraben.

Anna hatte Angst vor dem Wald und der rabenschwarzen Dunkelheit am Abend. Aber Ingo lachte sie aus.

»Im Moorhusener Wald gibt es keine Wölfe und keine Räuber«, sagte er, als sie sich auf den Weg machten.

Vorsichtshalber holte er die Pferdepeitsche aus dem Stall, mit der er hin und wieder knallte. Ingo trug auch einen kleinen Sack auf dem Rücken, und als sie den Waldrand erreichten, fing er an zu pfeifen.

»Ein bisschen Angst hast du wohl auch, sonst würdest du nicht so laut pfeifen«, sagte Anna.

Es begann zu schneien. Anna fand Schneetreiben schön, aber Ingo schimpfte: »Im frisch gefallenen Schnee sieht jeder unsere Spuren. Es soll aber keiner wissen, dass wir im Wald waren.«

»Warum machst du daraus so ein Geheimnis?«, wollte Anna wissen.

»Weil ich einen Tannenbaum schlagen will.«

Ach, du lieber Himmel, Ingo wollte einen Baum stehlen. Anna fiel die schreckliche Begegnung mit dem Förster und seinem Hund beim Holzsammeln ein. Am liebsten wäre sie umgekehrt und nach Hause gelaufen.

»Der Förster sitzt um diese Zeit am warmen Ofen und liest seine Zeitung, und sein Hund ist auch froh, wenn er nicht aus dem Haus muss.«

Ingo kannte die Stellen im Wald, an denen die schönsten Weihnachtsbäume wuchsen. Er war auch schon im Wald gewesen und hatte sich den Baum ausgesucht, den er schlagen wollte, eine kleine Tanne, die gerade auf die Fensterbank ihrer Stube passte. Nun holte Ingo ein Beil aus dem Sack und fing an zu hacken. Jeder Hieb hallte laut durch den Wald, Anna hielt sich die Ohren zu.

»Wenn das der Förster hört, lässt er den Hund los«, flüsterte sie.

»Der Förster isst gerade Abendbrot und denkt nicht daran, im Schneetreiben durch den Wald zu gehen.«

Fünf Schläge mit dem Beil, und das Bäumchen war abgehackt. Sie nahmen es in die Mitte und zogen es durch den Schnee nach Hause.

»Und wenn der Förster morgen unsere Spuren sieht!«, rief Anna plötzlich. »Er braucht nur den Spuren im Schnee zu folgen, dann kommt er zum Moorhof.«

»Du hast Recht!«, ärgerte sich Ingo. »Wir müssen den

Baum tragen, damit der Förster nicht die Schleifspur im Schnee sehen kann.«

Es sah komisch aus, wie sie mit der kleinen Tanne durch den Wald zogen, Anna an der Spitze, Ingo unten am dicken Ende. Wenn es ihnen zu schwer wurde, blieben sie stehen und stellten das Bäumchen in den Schnee. Ingo pfiff ›O Tannenbaum‹, oder er hüpfte wie Rumpelstilzchen um die Tanne.

»Auf der Dorfstraße dürfen wir nicht gehen«, sagte Anna. Es könnte ihnen jemand begegnen und fragen, woher sie den Baum hätten. Sie wollten gerade über die verschneiten Felder wandern, um den Moorhof von der Rückseite her zu erreichen, da ging im Dorf das Licht aus. In allen Häusern und Ställen wurde es dunkel, auch die Straßenlaternen leuchteten nicht mehr, und wäre nicht der Schnee gewesen, der ein bisschen Helligkeit verbreitete, es hätte alles so schwarz ausgesehen wie in einem Kohlensack.

Ingo versteckte seinen Baum hinter dem Kaninchenstall. Sie sprachen noch eine Weile mit Mucki und Mecki, bevor sie ins Haus gingen und so taten, als wäre nichts gewesen.

»Warum habt ihr das Licht ausgeknipst?«, fragte Anna.

»Das ist Stromsperre!«, schimpfte Tina. Sie hatte die Kerzen, die eigentlich erst am Heiligen Abend brennen sollten, angezündet, damit sie in der Küche etwas sehen konnte.

»Wo mag nur mein Beil geblieben sein?«, grummelte der alte Fritz. »Gestern lag es noch im Geräteschuppen, heute ist es verschwunden. Und meine Peitsche hat auch einer mitgenommen.«

Frau Waschkun saß in ihrer Stube am Fenster. Sie hatte die Herdtür geöffnet, und der rote Schein des Feuers erfüllte den ganzen Raum.

»Was ist Stromsperre?«, fragte Anna ihre Mutter vor dem Schlafengehen.

»In der Stadt gibt es ein Elektrizitätswerk, das stellt den Strom her und schickt ihn über Leitungen in alle Häuser«, erklärte Annas Mutter. »Um Strom zu machen, muss das Elektrizitätswerk viel Kohle verbrennen. Kohle ist aber sehr knapp. Viele Bergwerke, in denen die Kohle gefördert wird, wurden im Krieg zerstört, es gibt auch nicht genug Eisenbahnwagen, um die Kohle zum Elektrizitätswerk zu schaffen. Hat das Elektrizitätswerk keine Kohle mehr, schaltet es den Strom ab, und in allen Stuben wird es dunkel. Das ist Stromsperre.«

Bevor Ingo schlafen ging, schlich er auf den Hof, um das Beil in den Geräteschuppen und die Peitsche in den Pferdestall zu bringen. Dann trug er, als alle schliefen, den kleinen Tannenbaum die Treppe hinauf und zeigte ihn seiner Mutter.

»So ein schöner Baum!«, bewunderte Frau Waschkun die Tanne. Sie fragte nicht, woher Ingo den Baum hatte, sondern strich nur über sein Haar und sagte: »Jetzt kann Weihnachten anfangen.«

In diesem Augenblick kam der elektrische Strom wieder. In der kleinen Stube, in Tinas Küche und sogar im Pferdestall wurde es hell, und die Straßenlaternen leuchteten wieder so, als wenn nichts gewesen wäre.

»Stromsperre kommt auch vom Krieg«, sagte Frau Waschkun leise.

Weihnachten auf dem Moorhof

Schon morgens trug Fritz den Tannenbaum in die gute Stube, um ihn da aufzustellen, wo er immer gestanden hatte, nämlich zwischen dem Fenster und dem Ofen. Die Tanne duftete nach Wald, sie war größer als Tina und so breit, dass sie die halbe Stube ausfüllte. Anna half beim Schmücken. Sie hängte Holzengel, kleine Pferdchen mit Reitern, silberne Kerzenhalter und Kugeln, die mit Sonne, Mond und Sternen bemalt waren, in den Baum.

Auch oben im Haus wurde der Tannenbaum auf der Fensterbank geschmückt. Frau Waschkun hatte sich Stroh aus der Scheune geholt und daraus Sterne gebastelt. Auch war noch etwas übrig geblieben von der Watte, mit der Doktor Schimmelmann im Sommer Ingos aufgeschlagenes Knie abgetupft hatte. Frau Waschkun zupfte kleine Wattebäusche, legte sie auf die Äste, so dass die Tanne aussah, als wären Schneeflocken auf sie gefallen.

Tina tat sehr geheimnisvoll und sprach leiser als sonst.

»Kinder, Kinder, ich habe den Weihnachtsmann gesehen«, flüsterte sie.

Nachdem die Bäume geschmückt waren, streunten Anna und Ingo über den Hof und warteten auf Weihnachten. Sie schauten den Kaninchen beim Mittagessen zu, sprachen mit Rex, der so tat, als wüsste er über

Weihnachten Bescheid. Im Stall striegelte der alte Fritz die Pferde und warf ihnen reichlich Heu in die Raufen.

»Auch die Tiere sollen merken, dass Weihnachten ist«, sagte er.

Nach der Arbeit wollte Fritz baden.

»Weihnachten ist ein so großes Fest, da muss jeder sauber und ordentlich aussehen«, erklärte er.

Sein Weihnachtsbad ging so vor sich, dass Fritz drei Eimer eiskaltes Wasser aus dem Brunnen holte und in den Bottich goss, der in der Waschküche stand. Tina stellte einen Kessel mit Wasser auf den Herd. Als es kochte, goss sie das heiße Wasser auch in den Bottich. Drei Eimer eiskaltes Wasser und ein Eimer kochendes Wasser ergaben eine lauwarme Mischung, in der Fritz sich wohl fühlen konnte. Er zog seine Kleider aus, setzte sich in den Bottich, rieb und rubbelte den ganzen Körper mit grüner Schmierseife ab. Am liebsten hätte er beim Baden seine Pfeife geraucht. Weil das nicht ging, prustete er wie ein Seehund und sang Seemannslieder.

Tina klopfte an die Tür. »Weihnachten singt man andere Lieder!«, rief sie.

Nach dem Baden stellte Fritz sich vor den Spiegel, kämmte sein Haar und legte einen Scheitel.

»Die paar Haare, die auf deinem Kopf wachsen, brauchst du nicht zu kämmen«, neckte ihn Tina.

Sie stand aber auch vor dem Spiegel, um sich Locken ins Haar zu legen.

»Du willst wohl die Prinzessin Kunigunde werden«, meinte Fritz.

Annas Mutter zog ihr langes, schwarzes Kleid an. Für Anna holte sie die weiße Bluse mit Rüschenärmeln aus dem Schrank, und ins Haar steckte sie ihr eine rosa Schleife.

Oben saß Frau Waschkun neben der kleinen Tanne und schaute zur Dorfstraße, als warte sie auf den Weihnachtsmann oder einen anderen Menschen, der dort vielleicht kommen könnte.

Ingo hatte die Sachen an, die er immer trug, weil er nichts anderes besaß. Er machte sich selbst einen bunten Teller, schüttete die paar Haselnüsse, die die Eichhörnchen für ihn übrig gelassen hatten, auf einen Haufen, legte drei Äpfel dazu, die ihm Tina zum Weihnachtsfest geschenkt hatte, und schmückte das Ganze mit zwei Stücken Pfefferkuchen.

»Weihnachten fängt erst an, wenn es dunkel wird«, sagte seine Mutter.

Sie stellte eine Kerze auf die Fensterbank, und als draußen die Dämmerung die Straße entlangkam und die Krähen sich aufs Kirchendach setzten, zündete sie das Licht an.

Um sich die Zeit zu vertreiben, zählte Ingo Nüsse. Er war bei dreiundfünfzig angekommen, da fingen sie unten an zu singen, Tina so schrill, dass es den Ohren wehtat, und Fritz brummte wie ein alter Bär.

Ingo zählte bis fünfundsiebzig, da klopfte es an die Tür.

»Wollt ihr nicht runterkommen?«, fragte Anna. »Meine Mutter sagt, wir können Weihnachten gemeinsam feiern.«

Frau Waschkun freute sich sehr über diese Einladung.

Ingo steckte eine Hand voll Nüsse in die Hosentasche, seine Mutter nahm etwas Pfefferkuchen mit, weil sie nicht mit leeren Händen zur Weihnachtsfeier gehen wollte.

Nun saßen sie alle in der Bauernstube vor dem großen Tannenbaum. Frau Waschkun sang ein masurisches Weihnachtslied, das noch kein Mensch in Moorhusen gehört hatte und das so schön klang, dass Tina die Tränen kamen. Fritz hörte auf zu brummen, er rauchte lieber eine Pfeife.

Frau Waschkun und Annas Mutter saßen zusammen und sprachen davon, ob es auch in Russland ein Weihnachtsfest gibt.

Anna zeigte Ingo den bunten Teller, den sie für ihn gemacht hatte. Äpfel und Marzipankartoffeln, braune Kekse und Backpflaumen. Ingo schenkte ihr alle Haselnüsse, die er in der Hosentasche hatte. Dann holten sie Rex ins Haus, er sollte Weihnachten nicht allein in der dunklen Hundehütte verbringen. Rex wunderte sich sehr über die brennenden Kerzen im Tannenbaum, er bellte einmal laut los, dann legte er sich vor die Tür und winselte leise, als er Tinas schrille Singstimme hörte.

»Der Weihnachtsmann kommt in diesem Jahr nicht«, erklärte Annas Mutter. »Solange die Väter in Kriegsgefangenschaft sind, gibt es keine Weihnachtsmänner.«

Sie bat Frau Waschkun, auch zum Abendessen zu bleiben. Ingo freute sich darüber besonders, denn es gab Gänsebraten. Er saß an der großen Tafel, die Tina gedeckt hatte, und sah ziemlich hilflos aus. Ingo hatte noch niemals mit Messer und Gabel gegessen. Und was sollte er mit der bunten Serviette anfangen, die Tina neben den Teller gelegt hatte?

»Pass bloß auf, dass du dir nicht die Finger abschneidest«, brummte der alte Fritz.

Ingo legte Messer und Gabel beiseite, nahm ein Bratenstück in die Hand und biss einfach ab.

Während sie am Tisch saßen, erzählte Frau Waschkun von Weihnachten vor einem Jahr, dem letzten Weihnachtsfest zu Hause. Der Krieg war schon zu hören gewesen, nämlich der Kanonendonner aus der Ferne. Nachts erschienen am Himmel rote Leuchtkugeln, sie sahen auch den Feuerschein brennender Häuser.

»Wie gut, dass wir dieses Weihnachtsfest im Frieden feiern können«, sagte Annas Mutter.

Sie erzählten von ihren Männern, die irgendwo am Ende der Welt in einer Baracke, umgeben von meterhohen Schneewehen, Weihnachten feierten.

»Wenn wieder Weihnachten ist, werden sie zu Hause sein«, sagte Frau Waschkun.

Anna und Ingo spazierten nachts über den Hof. Sie zählten die Weihnachtssterne am Himmel, sahen den Sternschnuppen nach und hörten in der Ferne Glocken läuten.

»Weißt du was?«, fing Ingo nach einer Weile an. »Ich möchte nie mehr nach Hause fahren, sondern immer auf dem Moorhof bleiben.«

Eine einzigartige Sammlung

Erstmals in einem Band vereint: sämtliche ostpreußischen Geschichten des großen Erzählers Arno Surminski. Unsentimental, aber voller Anteilnahme schildert der Autor Leben und Überleben der »kleinen Leute« und lässt die herbe Schönheit der Landschaft zwischen Memel und Masuren lebendig werden.

»Jede Geschichte umfasst nur wenige Seiten, aber was da hineingelegt ist, wirkt so eindringlich und schicksalhaft, als hätte man ein ganzes Menschenleben vor sich ablaufen sehen.«
Ostpreußenblatt

Arno Surminski
Aus dem Nest gefallen
Sämtliche ostpreußischen Geschichten

Nach dem großen Erfolg von* Aschenbraten *nun endlich der lang erwartete zweite Westerwald-Roman von Willi H. Grün

Erzählt wird die Geschichte einer jungen Frau, die aus bescheidenen Verhältnissen stammt und mit nix an den Füß in den 60er Jahren versucht, beruflich irgendwie doch voranzukommen. Zimperlich ist sie dabei keineswegs und gerade deswegen verfolgt die Dorfgemeinschaft von Steinhahn, der es an liebenswerten Originalen und schrulligen Käuzen nicht mangelt, ihren Werdegang mit ganz besonderem Interesse. Und vor allem natürlich ihre Beziehung zu dem Inhaber der Elektrofirma, der sie beschäftigt und zudem noch in eine dubiose Schwarzgeldaffäre verstrickt …

Willi H. Grün

Mit nix an den Füß …

Roman

Originalausgabe

»Grüns Roman verbindet Sozial- und Zeitgeschichte auf die federleichte Art.«
Rhein-Zeitung

Der große Mallorca-Roman!

Niemand kann den Leser kraftvoller und sinnlicher in andere Welten entführen als Brigitte Blobel. In ihrem neuen Roman verbindet sie auf höchst spannende Weise die jüngste Geschichte Spaniens mit dem Schicksal zweier Liebenden. Ein glanzvoller und dramatischer Mallorca-Roman, ein Lesevergnügen von der ersten bis zur letzten Seite.

»Eine spannende Familiensaga vor dem Hintergrund hervorragend recherchierter Zeitgeschichte. Atmosphärisch dicht erzählt: ein Muss für Mallorca-Fans!«
Journal für die Frau

Brigitte Blobel
Die Liebenden von Son Rafal
Roman